酒のエッセイについて二分法的に　丸谷才一　52

Ⅱ 酒の悪癖

酒徒交伝　永井龍男　62
失敗　小林秀雄　68
酒は旅の代用にならないという話　吉田健一　72
一品大盛りの味―尾道のママカリ　種村季弘　78
更年期の酒　田辺聖子　86
やけ酒　サトウハチロー　92
『バカは死んでもバカなのだ　赤塚不二夫対談集』より　赤塚不二夫×野坂昭如　94
ビール会社征伐　夢野久作　104

III わたしの酒遍歴

ホワイト・オン・ザ・スノー　中上健次　112
音痴の酒甕　石牟礼道子　118
酒の楽しみ　金井美恵子　124
eについて　田村隆一　134
先生の偉さ／酒　横山大観　138
酒のうまさ　岡本太郎　142
私は酒がやめられない　古川緑波　146
ビールに操を捧《ささ》げた夏だった　夢枕獏　158
妻に似ている　川上弘美　164

IV 酒は相棒

ブルー・リボン・ビールのある光景　村上春樹　168

薯焼酎《いもじょうちゅう》　伊丹十三　172
サントリー禍　檀一雄　180
香水を飲む　開高健　188
人生がバラ色に見えるとき　石井好子　194
パタンと死ねたら最高！　高田渡　196
風色の一夜　山田風太郎×中島らも　204
冷蔵庫マイ・ラブ　尾瀬あきら　210
『4コマちびまる子ちゃん』より　さくらももこ　214
こういう時だからこそ出来るだけ街で飲み歩かなければ　坪内祐三　218
焼酎歌　山尾三省　228

Ⅴ　酒場の人間模様

未練　内田百閒　234
カフヱーにて　中原中也　238

三鞭酒《シャンペン》　宮本百合子　240
星新一のサービス酒　筒井康隆　246
とりあえずビールでいいのか　赤瀬川原平　250
「火の車」盛衰記　草野心平　256
水曜日の男、今泉さんの豊かなおひげ　金井真紀　260
終電車　たむらしげる　269
戦後三十年総まくり文壇酒徒番附　278
著者略歴・出典　281

題字　塩川いづみ
装幀　佐々木暁

作家と酒

I 酒呑みの流儀

正しい酒の呑み方七箇条／おいしいお酒、ありがとう

杉浦日向子

正しい酒の呑み方七箇条

一、酒の神様に感謝しつつ呑む
二、今日も酒が呑める事に感謝しつつ呑む
三、酒がうまいと思える自分に感謝しつつ呑む
四、理屈をこねず臨機応変に呑む
五、呑みたい気分に内臓がついて来られなくなったときは、
　便所の神様に一礼して、謹んで軽く吐いてから、また呑む
六、呑みたい気分に身体がついて来られなくなったときは、
　ちょっと横になって、寝ながら呑む
七、明日もあるからではなく、今日という一日を満々と満たすべく、だらだらではなく、て

いねいに、しっかり、充分に、呑む

以上。

おいしいお酒、ありがとう

なんでこんなに酒が好きなんだろう。酒が、ほんとうにうまいなあ、と思ったのは、三十を過ぎてからのこと。自分の意思で、店を選び、もちろん身銭で、手酌で、ひとり、たしなむようになってからのこと。

酒が、ほんとうにたのしいなあ、と思ったのは、四十代になってからのこと。呑みたい酒と場所を、TPOにあわせて、ぴたりと、使い分けできるようになってからのこと。

それ以降は、接待の酒は、極力辞去。どんなに旨い秘蔵地酒を、眼前にちらつかせられようとも、またの機会に。どうしても、断りきれないギリギリの義理縛りには、適量の二割を、おしめりにいただく。友人との割り勘会には、陽気なおしゃべりを肴に、五割がた呑む。自前で、外食のときには七割がた呑む。いずれのときにも、適量までの残りは、自宅で、ゆっくり、しっかり、呑む。

酔って帰宅するのは、ものすごく億劫《おっくう》だ。ことに、すっかり暗くなってから女ひとり、ふらついて夜道を歩くのは、辛気くさい。それがハイヒールだったら、壊れたメトロノームのようで不気味だ。夜更けて、酒臭い息の、もつれた舌で、タクシーの運転手さんに、行き先を告げるのは、もっとずっと恥ずかしい。

怪しい物体になる前に、酔わずに帰る。これは、その日のコンディションにおける、自身の酒量を、いつでも的確に計れるという、酒呑みを自認する者の、唯一無二のプライドである。へべれけになるやつは、酒呑みのアマチュアだ。酒と対等ではない。酒にもてあそばれているだけだ。おおばかやろう。

とはいっても、そんなのは、単なる理想で、いざ、酔っ払っちゃえば、プライドもアマチュアもへったくれもない。ネイキッドなむき身の、ぐにゅぐにゅアメーバ状態で、大切な時間を、むさむさと止めどなく食《は》んで行くのだ。なんで、酔っ払っちゃうんだろう。けど、酔わないなら、呑まないほうがいい。もったいない。呑んで酔わないなんて、酒に失礼だ。酒の神様の罰が当たる。

呑まなければ、もっと仕事ができるし、お金もたまる。たぶんそうなんだろう。ベッドにもたれ、ゆるり、適量を満たしながら、なんてことのない一日に、感謝して、ほほ笑んでいる。間に合わなかった仕事、ごめんなさい、おいしいお酒、ありがとう。今日も、ちゃんと酔えて、よかった。あした間に合うね、きっと。

杉浦日向子

二十年来の酒

立原正秋

酒を飲みだしたのは十八歳のときからだから、かれこれ二十年以上飲んでいることになる。ずいぶんいろいろな酒の飲みかたをしたと思う。しかし酒の上での失敗はひとつもない。失敗した人は、たぶん酒にのまれてしまったのだろう、と私は思う。

酒をのんでからむ人がいる。私はこんな男が嫌いである。ふだんは虫も殺さぬようなおとなしい男だが、酒が入ると理性を失い、日頃の不平不満をさらけだし、はては劣等感を吐き出す。みていて、なんともみっともない。

古代シナに、長夜の宴、という言葉がある。夜を徹して飲むのだが、決して酒席が乱れない。長夜の宴は秋がいい。月を眺めて酒を酌《く》み朝に至る。私はこのような酒が好きだ。斗酒なお辞せず、しかも乱れず、帰宅しては原稿を書き続ける。私はそのような酒飲みになりたいと思い、どうやらこれが出来る年齢になったらしい。

昔は酒をのんでよく喧嘩《けんか》をした。こちらが喧嘩を売ったのではなく、みんな相手から売られた喧嘩であった。そんなときは喧嘩をした。しかしいまは、酒の上でからんできても、私は逃げることにしている。逃げるのか、と相手はなおからんでくる。そういう話は素面《しらふ》で話しましょう、と私は逃げる。私は、そうした酒癖の悪い男とは二度と席をともにしないことにしている。素面では決して言えない劣等感のかたまりを、酒の上でぶちまける、そんな男とは、再三さそわれても、私はことわることにしている。

私は酒の上で女を口説くのも嫌いだ。好きなら好きと素面ではっきり言えばよい。女にことわられて、あれは酒の上でのことだ、などと後でみっともないことを並べる男がいるが、私なら酒の上では女を口説かない。私の酒はお茶と同じだから、日本酒に換算して四升から五升までなら、常と渝《かわ》らない。五升を越したらすこし酔ってくる。そんなときはすこしばかり理性を失うから、めったなことは言わないことにしている。

銀座に、私が五年通い続けているバーがある。マダムをはじめ女の子達とは馴染《なじ》みになったが、私はその店では鎌倉にペンキ屋を開業している男、ということになっていた。はじめてその店に入った五年前の秋、名刺をちょうだい、と女の子から言われ、名刺などつくったことがない私は、無職だから名刺はない、と答えた。この人、絵かきかペンキ屋さんのようね、と一人の女の子が言い、私はついにペンキ屋にされてしまった。楽しい店であった。

しかし、今年の七月十八日以降はもうその店には行かないことにしている。直木賞という文学賞をもらったために、私はセンセイにされ、女の子達からは、よくも五年間も騙《だま》していたわね、と言われるし、なによりもいけないのは、私が行くと他の客をほうりだして私の席にくるのが、どうも私には重荷なのである。

私は二十二日の夜、その店に借金を払いに行ったのだが、これからまた、私を知らないバーを見つけなければならない。静かに酒が飲めるバーを。

立原正秋

或一頁

林芙美子

空気の湿った日とか、雨の降りこめる夜などは妙に口の中が乾いて来る。水とか酒とかではおさまりそうもないシゲキがほしくなる。そんな時に孤独でかたむける酒の味は仲々よろしい。酒に呑まれてしまって、不断のたしなみを忘れてしまうような荒さびた酒は感心しない。酒は荒さびた時に呑むのはもったいないような気がする。酒を呑んでトウゼンとなりまなこを閉じると大黒様のような顔や、サンタクロースのような顔が浮んで来るようになるのが好きだ。「ほろ酔いの人生」という活動か何かの言葉があったが、全く小酌《こじやく》の気分のなかには心を染めるようなよいものがある。

五六年も前、私は浅草が好きで、よく一人で浅草へ出かけたものだが、来々軒だかの看板に「随時小酌」という言葉があった。随時小酌という言葉に見惚れ、何彼につけてこの「随時小酌」は大切なよい言葉だと心に銘じている。酒も随時小酌がいい。二十歳前後にはこの随時小酌の味は判りかねるかもしれないが、自分で働いてみたひとには、この言葉は味なものに違いない。

酒をたしなむには随時小酌にかぎる。私は孤独で呑む酒も好きだが三四人の気のあった男友達と手が盃へひとりでに進んでゆくような愉しい酒も好きだ。女のひととの酒は酒が重苦しくて仕方がない。私はかつて女の酔っぱらいにめぐりあったことはないが、女が酔っぱらうと酒についての修業が（大酒を呑むの意にあらず）ついていないので、二三盃でひざを崩してしまい二合位も呑むと大の字になるのがある。そんなのは真平《まつぴら》ごめんだ。

不思議に女の酒呑みははしゃいで来てすぐ座を立ったり坐ったりする。酒を呑んだらあんまり座を立たない方がいい。酔いが早くまわってみぐるしくなる。宴会なぞで正直に酒を呑む位ばかばかしく厭なものはない。酔った気分というのは、酒を呑んだ後ではなくて、呑む前の気持ちがいいのだ。酒をすこしも呑まない女のひとが、酒の座でトウゼンとした顔をしているのは仲々いいものだと思う。

昔私も荒びた酒を呑んだが、いまでは美味い酒を呑みたいから荒さびるのがもったいなくなった。五勺《しやく》の酒でおつもり、それもこのごろはめったに呑まない。食前に、葡萄《ぶどう》酒をすこしのむのは巴里《パリ》時代のくせがのこっていて、いまだにつづけているが、日本酒には息があるのか、飲みたい日や飲みたくない日があって、むらな気持ちだ。家でひとりでのむ酒は、いま賀茂鶴という広島の酒を呑んでいる。柔かくて、秋の菊のような香りがして、唇に結ぶと淡くとけて舌へ浸みて行く。

ウイスキーがいいとか、葡萄酒がいいとかいっているけれども、洋酒の酔いざめはすこしかさかさしている。さらりとした洋酒もいいが、日本酒の味は一つの芸術だと考える。千も万もいいつくせない風趣がある。

埃《ほこり》のたつ晩春頃のビールの味も無量だが、秋から冬へかけての日本酒の味は素敵だ。肴《さかな》は何もいらない。下手になまぐさいものを前へ置くと盃がねばってしまう。

簡素な酒になりきらねば嘘だ。眼ざわりになる道具はすべて眼に見えぬ所へかたづけてしまって、軒端を渡る風や木の葉や渡り鳥を眺めての酒は理想だが、都会に住んでいるとピアノも聴えて来る。ガスの音もする、ラジオも辛いが仕方がないだろう。

田家《でんか》暑を避くるの月
斗《と》酒《しゅ》誰と共にか歓ばん。
雑々として山果《さんか》を排し
疎々として酒罇《しゅそん》を囲む。
蘆筍《ろしょう》将《も》って席に代へ

蕉葉《しょうよう》且《しばら》く盤に充《あ》つ
酔後 頤《おとがい》を揩《ささ》へて坐すれば
須弥（山の名）も弾丸より小なり。

寒山詩のなかにこのような一章があるが私はこの詩のような簡素な酒が好きだ。酔後、頤をささえて坐れば、須弥山も小さく見える愉しさ、酒の理想はここに尽きる。

旅をして、宿屋へ着いた時の侘《わび》しさは何ともいいようがないが、夕食の前に五勺ほど地酒をつけて貰《もら》うのは指の骨を鳴らしたくなる。地酒の味というものは、その土地土地にぴったりしていて美味い。十和田の蔦《つた》の湯で味《あじわ》った名なしの酒もいまだに忘れがたい。蔦の湯のおばさんはまだ元気だろうか。余材庵の軒に渡る風もなつかしいおもいでだ。

信州のえんぎという地酒も舌にリンと浸みてうまかった。

何よりかなしいのは東京の酒だろう。どこの料理屋でも美味い酒を出さない。とくに洋食屋の酒ときたら飲む方が辛い。

これから寒くなって、屋台のおでん屋へ首をつっこんで熱いのをつけてもらうのは一寸よろしい。人目がない折をはかって裾を風に吹かせながらあわてて滴《しずく》まで吸いこむ酒は長生きしたいと不図《ふと》思う位たのしい。大酒をしないで小酌の酒をたしなんでいると、きめが細かになって身体も元気だ。

酒を呑むと重宝なお面がかぶれるので、興が乗れば、唄もうたえる。——勿論、眉をしかめるような人の前ではぴたりとかまえてみせている。

私の父親は非常な酒好きで、子供の私に酒をかけた茶漬けを食わせるような乱暴なところがあったせいか、酒は見るのも厭だった。それが何時の間にか、酒の風趣を愛するようになり、小酌家の私を世間では大酒飲みのようにみてしまっている。私は小酌家で大酒家ではない。

酒についてザンゲを何か書かなければならないのだろうけれど、酒についてはザンゲすべき思い出もない。私の仲のいい友人は、林芙美子は酒を飲むと虚《きよ》がなくなるという。酒については私は自信があるから、(自慢にもならないが)けっして軀《からだ》を崩さないからだろう。そのかわり無理をして坐っていただけに、朝になるとへとへとになってしまう。そうして、心中ひそかに無理な酒呑みどもを軽蔑するのだ。荒さびた酒位不潔なものはない。酔後、悪魔の出て来るような酒はきらいだ。須弥山も小さくなるようなキガイのある酔いぶりのうまい御仁ならよいたいていは、眼を宙に浮せて女子供に見せられないような風体になる。

煙草はぷっつり止めて三ケ月になるが、酒だけはぷっつりとはいえない。煙草を無理強いする人はないが盃の無理強いは度々なのでつい手を出してしまう。それも何度となく重なると「厭な奴だな」と思う。

酒好き位しつっこく友達をほしがるものもないし、淋しがりやは他に類がないだろう。飲んでいい気持ちになれば唄もうたいたくなり、唄の一つもきかせたくなる。人が恋しい。あたりまえのことだが、私はうるさくなる酒や後をひく汐どきのにぶい酒は辛くて仕方がない。

本当の酒飲みじゃないのだ。酒の宴が果てるとやれやれとほっとする——この頃だと、牡蠣や松茸が眼につく。ひとちょこいいだろうなとは思うが、一人で料理屋ののれんをくぐるほど、酒についての恋慕の心はない。酒は呑んでも呑まないでもの気持ちで、はなはだ重宝な年配だ。酒がほしかったら、台所でひとちょこ冷で飲むとしょぎょうむじょうがおさまってしまう。女中がニヤニヤ笑っている。こっちもニヤニヤ笑いながら台所をしている。実際何がほしいというわけじゃなし、小さなこんな愉しみでトウゼンとしているのだから、私の有終の美感も安全至極なのだ。自分が働いて自分が愉しむ、全く須弥山じゃないが、男の顔がぼやぼやと小さく見える時がある。怖いものがなくなる。こんな酒は酒がさめてもまぶしくない。

林芙美子

ビールの歌

火野葦平

どうせ、酒童のくだまき文章だから、竜頭蛇尾《りゅうとうだび》、右往左往、蹣跚蹌踉《まんさんそうろう》は最初から天下公認である。もちろん一貫した首尾などありはしない。連載といっても小説のように筋もなにもないから、次は話がどこへ飛ぶやらわかりはしない。前回はアメリカの酒場めぐり、ニューヨークのグリニッチ・ビレッジ、「シンデレラ」におけるダイアナ・エーメス嬢との出会いから、シカゴの「フランク・オードネル」の陰惨酒場までたどりつき、次はどこかのボヘミアン・バー、南の街ニューオリンズのストリップ・バーのことでも書こうかと考えていたが、今、ビールを一杯飲んだところ、どうにもビールのことが書きたくてたまらなくなってきた。世はまさにビールの季節である。

もちろん、私は大ビール徒である。大麦酒童である。「ビーラー」である。「酒」新年号の文壇酒徒番付でも、「ビールしか飲まない」という条件によっても西の横綱にしてもらったくらいだから、ビールとともに三十年の歴史と伝統とは一種の無形文化財的価値を認められたといってよいであろう。まったく、ビールのために一生を誤ったのである。そこで、ビール・シーズンともなれば気もそぞろ、ペンをとればビールのこと以外は書きたくなくなってしまうのも無理からぬところであろう。

あるとき、親友矢野《やの》朗《あきら》が遊びにきた。というよりビールを飲みにきた。ビール好きの点では矢野と私とは伯仲であったが、現在は私の方が一目置かねばならぬことを告白する。なぜなら、彼は現在入院中だからである。矢野は私と同年輩、「九州文学」の劉寒吉、原田種夫、岩下俊作などとともに、長く文学をやって来た仲間、芥川賞になった私の「糞尿譚」は、彼が主宰していた「文学会議」という同人雑誌に載ったのである。矢野のことはたびたび文章に書いたが、彼が浄瑠璃《じょうるり》の名人であることはここに特筆しておきたい。素人《しろうと》ではないのである。矢野は小倉の産、五歳のころから義太夫を語りはじめ、十二歳のとき、「文楽《ぶんらく》」の竹本津《たけもとつ》太夫《だゆう》に見こまれて、大阪につれて行かれた。この神童は弟子兼養子となって、「津の子」の芸名をもらった。そのまま「文楽」にとどまっていたならば、今ごろは日本における義太夫語り名手三人の中の一人になっていたことは疑いを入れない。

ところが、十六、七歳のころから、二つの魔物がとり憑《つ》いて、彼の一生を誤った。一つは文学、一つはビール。そして、矢野は十八歳のとき「文楽」を飛びだし、九州へ帰って、浄瑠璃の師匠で身を立てながら、文学とビールとに打ちこんだ。竹本津太夫はしかたなく、また後継者を求め、その二度目の養子も「津の子」と命名した。この人が今の竹本津太夫さんである。先代は早く物故した。矢野津の子の方はいよいよ文学とビールとに没頭し、「文楽」になんの未練も持たなかった。彼は、はじめからビールばかり、大ビール徒、大麦酒童、大ビーラーであって、この『酒童伝』に名を逸してはならない人物である。

ところが、やはりそのビールのために体をこわした。もっとも彼の病気はビールのためというより、他の原因から三十六種類以上のバイキンが彼の痩軀《そうく》を蝕《むしば》みつくしたところへ、医師の言などどこ吹く風かと、ビールをガブ飲みしたために、悪化の度を早めたといった方がよいであろう。ビールが人間を病気にするはずはない。彼の病名はわからない。胃、腸、肺、肝臓、腎臓《じんぞう》、膀胱《ぼうこう》、睾丸《こうがん》など、あらゆるところが悪く、というより、よいところが一つもないのである。よいのはいまだに冴えている頭脳と、ビールを飲みたいという意欲ばかり。そこで、医師の制止をふりきり、病院を脱出して、私のところへビールを飲みにあらわれたというしだいである。さすがの私も、そんな危険の中にありながらビールを求める矢野に悽愴《せいそう》なものを感じ、慄然とすらした。しかし、私とて酒童であるから、医師のように、ビールなんか飲むのはやめなさいとはいわない。いえないのである。

酔いを発してくると、いたずら書きがしたくなるのは長年の私の悪癖である。色紙《しきし》があれば河童《かっぱ》の絵を描き、短冊があれば短歌や俳句をつくる。いずれも即興のデタラメである。そこで、大麦酒童矢野朗と飲んでいるうちに、またも、その発作がおこり、女房に命じて、数十枚の短冊と硯《すずり》とを持ってこさせた。そして、出まかせに「ビールの歌」を書きなぐったのであるが、その冒頭に、次の歌を詠《よ》まずにはいられなかった。

病《や》みさらばい死をも怖《おそ》れずビール飲む
　矢野朗こそはビールの鬼か

それから、一枚ずつ、サラサラサラサラサラサラサラサラサラサラサラと、

ビールこそよろしきものか白き泡
　かみつつあれば世界はいらず

エジプトのナイルのほとりピラミッド
　築ける昔ビール生まれぬ

コポコポと鳴れるビールのこの音に
　われ一生をあやまると知る

ビールびん百ダースほどならべおき
　将軍のごと閲兵をする

さびしくばビールの樽の人となり

赤い夕日の坂をころげん

生き生きてビールのびんのレッテルの
天然色の春に逢《あ》いけり

君がためあれを作ると友どちは
ホップ畑をわれに示しぬ

栓ぬきは要《い》らずとびんを二つとり
河童抜きして栓ぬき屋を泣かす

音に聞くビール・ドイツにいざ行きて
ピルゼン風に染まんとぞ思う

誇るものそんなにはなき日本も
ビールばかりは世界一なり

ビールと共に早や三十年は経ちにけり
女房と別れてもビールとは別れず

せわしきはビールの量に比例する
ひっきりなしの小便なりけり

ビール飲めば喧嘩の種の二つあり

論ずべからず女と平和
黄金《こがね》なす命の水のわきいずる
　ビイドロびんのレッテルよろし
フランスのシャンパンよりも音高く
　ビールの栓抜けば今宵もたのし
この苦《にが》さなににたとえんビールこそ
　古ぼけ恋の消えぬ味かも
わが友のビールもびんの九分ほどは
　税金なりと知れば悲しき
糞尿譚舞台にかかり食堂の
　売れ行き減りぬライス・カレーとビール
小説を書く苦しみを慰むは
　女房にあらずビール一杯
柄杓《ひしゃく》もてビールの滝を飲めという
　ビール工場は豪華なところ
水の香に水を恋い行くホタルのごと

火野葦平

ビールのにおいに引かれ行くかも

これくらいで、やめておこう。私は手もとにあった数十枚をたちまち書きつくした。井原西《いはらさい》鶴《かく》は住吉神社《すみよしじんじゃ》社頭で、一夜のうちに俳句を二万句も即詠したと伝えられているが、私もビールの歌なら西鶴に負けないほどできるかもしれない。もちろん出まかせであるから、短歌としてのできばえや芸術的価値などは問うところではない。ビールの歌を作るのも酒の肴の一つである。しかし、このデタラメの中にも、酒童のさまざまの感慨、喜怒哀楽の情があらわれているから妙である。

矢野朗は苦笑して、

「わしはそんなことをする閑《ひま》があったら、ビールを飲む。」

と、いった。

まさにビールの鬼である。大麦酒童である。大ビーラーである。

私はまた歌を作らねばならない。すなわち、ふたたび筆と短冊とをとりあげて、

歌などをつくる閑あらば飲むべしと
　ビーラー矢野は教えつつ飲む

ビールの泡口のあたりに塩のごと
　つけたる矢野はガンジーに似たり

百薬の長のビールを傾けあれば
　三十六種のバイキンもなんぞ
ビールこそ命なりてふ矢野朗の
　飲みぶり眺め泣かぬ者なし

矢野朗の歌だけでも千くらいはできそうである。

これらのデタラメ歌の一つ一つに注解をくわえていけば、おもしろいビール漫談ができるかもしれない。今回はとくに一首だけ抜いて、私の蘊蓄《うんちく》を傾けておきたい。

栓ぬきは要らずとびんを二つとり
　河童抜きして栓ぬき屋を泣かす

ビールを飲みはじめて三十年、旅をすればどこででもビールを飲むが、ここ四、五年、全日本の、いや全世界のビール党で、カッパ抜きを知っている者に出会ったためしがない。ふとしたはずみに、私が発見したのであるから、私が伝授した者は別だが、はじめての場所ではじめての人にカッパ抜きをやって見せると、十人が十人感心し、さっそく実行にとりかかる。そして、たちまち会得《えとく》する者もある。コロンブスの卵ではないが、種も仕掛けもない、力学的物理作用によるちょっとしたコツと熟練とにもとづくものであるから、知ればなんでもないのである。

ビールが運ばれて来たとき、栓ぬきがなくて、

「おーい、栓ぬきをくれえ。」

「早く持ってこい。」

などとどなりちらしている風景ほど滑稽なものはない。栓ぬきがないため、歯で王冠を噛んでこじあけたり、王冠をチャブ台の角や座敷の欄間《らんま》やシキイにひっかけて引っぱったりする無法者も多い。このため歯が痛くなったり、ゆるんだり、血が出たり、ひどいのになると欠けたり抜けたりする騒ぎが起こる。チャブ台や、欄間、シキイのきれいな材木に傷がついてしまうのはいうまでもないであろう。そんなむざんな被害を生じなくても、栓ぬきなしで、ちゃんとビールはぬけるのである。

もっとも、私がこれを発見発明したのも、栓ぬきがなくて、咽喉がグウグウ鳴っていたためであった。ビールびんがならべられてあるのに栓ぬきがないのは、おあずけを食った犬みたいに悲しいものである。どうしたのか、見つからないといって、なかなか栓ぬきをもって来ない。といって、歯やチャブ台や欄間はいけないので、ふと二本のビールびんをとってやってみたのである。窮すれば通ずとはよくいったものである。それ以後、私はこれをカッパ抜きと称して、私の新案特許とした。もっとも登録したわけでも、秘密にしているわけでもなく、むしろ大いにビール党にひろめたいので、いたるところで公開し伝授している。すでに、四、五年になる

ので、全国いたるところに弟子もふえた。免許皆伝《めんきょかいでん》の者もいる。しかし、やはりコツと熟練とが必要で、百発百中というわけにはいかない。そのときの条件しだいで、師匠の私も失敗することがある。白状すると、会得してしまうまでには、何度噴出する泡でそこらじゅうを濡らしたり、芸者の衣装をビショ濡れにしたり、びんの口を割って手を怪我したりしたかわからない。最近ではほとんど百発百中になったが、それでも、ビールびんの方に罪があって、まれに失敗することがある。

方法はきわめて簡単で、ただ、二本のビールびんを片手に持ち、一本の王冠を片方の王冠の上から引っかけて、かるく落とすだけなのだ。両手で持っていればよいが、それでは不恰好で抜けたときの鮮かさが引きたたない。なぜ、こんな簡単なことに、ビール党が気づかなかったかというと、金属製でツルツルしている小さい王冠の頭に、ほとんど隙間もなく密着している王冠のギザギザの部分がひっかかるなどと誰も気づかなかったからにちがいない。ほんのちょっぴりであるが、ちゃんとひっかかるのである。ひっかかればほんのチョッピリで十分だ。あとはビールがはいっているびんの重量があるから、五寸くらいの高さに二本を持ちあげて、ストッと、やや強く急速にタタミの上に落とせば、ひっかけた方の栓が抜けるのである。調子のよいときには、ポーンとシャンパンのような爽快《そうかい》な音がし、飛びあがった王冠は天井にパシッと当たる。まさに名人芸のように見えるのである。

このとき、抜けた方のびんからビールが飛びだしたり、泡があたりに散乱したりするのでは、せっかく抜けても成功とはいえない。一滴も出ず、栓だけが抜けなくてはならない。あまり暑いときに冷えていないビールを抜くと、泡の大噴水をおこすことがある。また、あまり栓の堅いのを(栓ぬきを使用してもなかなか抜けないのがあるが)無理にカッパ抜きしようとすると、びんの口が割れて、手を怪我することになる。

なぜ、カッパ抜きというかといえば、私が河童の異名をとるほど河童好きであることと、ビールの王冠がよく見れば、河童の頭の皿にソックリであるからである。

「そうすれば二本ないと抜けないわけですね。」

「そうです。一本しかビールびんがないときはダメで、それがこのカッパ抜きの唯一の欠点です。しかし、一本きりということはほとんどありませんから、たいていはまに合います。」

「でも、たくさん抜いて、最後の一本になったときは困るじゃないですか。」

「困りません。空になると重量がちがいますから、物理作用が変わってきますが、やはり抜けます。空びんに王冠をかぶせ、はいった方のビールびんの王冠を同じようにひっかける。両方はいっているときには、受ける方をほとんど垂直に落とせばよいですが、空の場合はやや内側に斜めにして、重心の調節をはかります。ポーンと抜けることは、はいっている場合とすこしも変わりません。」

しかし、このカッパ抜きには、奇妙な弊害のあることを覚悟しなければならない。おぼえるとおもしろくてたまらず、おれもおれもとやりだし、どんどんビールをとりよせるので、すこぶる飲み代《しろ》がかさむのである。飲み屋の方は大よろこび、カッパ抜きを大いに奨励することになる。

ところが、ここに哀れをとどめるのは栓ぬき屋だ。ビールを抜くのに栓ぬきが要らぬということになれば、栓ぬき業者は不必要になる。そこで、私も歌の中に、「河童抜きして栓ぬき屋を泣かす」と詠《よ》んだわけであるが、全日本、いや、全世界のビール党が全員カッパ抜きを会得するのは、何十年先か何百年先かわからないから、まず当分、栓ぬき屋も泣くことはあるまい。その証拠には、カッパ抜きをひろめる、栓ぬき屋の敵であるはずの私のところに、ここ四、五年間、まだ一度も、栓ぬき製造業者から抗議を申しこまれたことがないのである。全日本に、いや全世界に、カッパ抜きが普及して、栓ぬき屋を泣かす日の一日も早からんことを望んでやまない。そうしないと、私の歌が嘘になるからである。

火野葦平

酒と小鳥

若山牧水

誰でもそうかも知れないが、わたしは酒を飲むのに、のみたくてのむ時と、習慣や行掛りでのむ時との二つの場合がある。この頃では前者の、のみたくてのむ領域が、大分狭められて行くようなのを感じて、内心尠《すく》なからず悲しんでいる。こののみたくてのむ場合にも亦自ずから二つの別があるようだ。一つは、自分の心が非常に熱して来て、心の渇きに堪え兼ねてのむ時で、他は周囲の景物、例えば珍しい雪が降ったとか、或は如何にも静かな夕暮であるとかいったような時に、自然に誘われてのみたくなる場合である。

尚附加えるならば、いま一つの場合がある。それは身体の工合で、固体を腹に入れる前に、それよりも軟《やわら》かな尊い液体を、先ず身体に注射しておくことを、適当と感ずるような場合である。

そこで第一の場合の、心の熱した時というのは、多く歌を作ったり、物を書いたりする時に起って来る。勿論これは唯一人で、机の上に置いてちびちびとのむ。然も極く強烈なのをやるに於て、言い難い味がある。第二の場合には、相手があるもよし、ないもよい。一体わたしは独酌を好むのだが、その場合非常に心の合った人であるなら、対酌も亦悪くはない。

この二つの場合には、さかなというようなものはあまり問題にしない。殆んど酒ばかりで結構だ。けれども第三の場合の、いわゆる「一杯のみたくてのむ」という時には、その時によって、さかなのあれこれとか、又は自分の身体の工合や気持を気にする事が多い。例えば「今夜は肉が食べたい」とか「豆腐が食って見たい」とか、又は指先の汚れも気になるようで、是非お湯に入って来てからでなくてはと思ったり、もう少しお腹《なか》をすかして来てからという気からそこらを一廻り散歩して来なければならなかったりする。

多くの場合、わたしは淡白な酒を好む。たとえば伊丹《いたみ》の「白雪《しらゆき》」のようなものである。けれども宿酔《ふつかよい》の翌朝などは、今少しきつい「さくら」なども悪くはない。概していうと、多勢してのむような場合には、普通でさえあれば文句は言わないが、一人でのむ時などは、せいぜいいい酒がのみ度いと思う。それから夜更けて机の上に置きたいようなのは、矢張り強烈な洋酒に多いようだが、総体洋酒はわたしはあまり好まない方だ。

要するに、わたしの自然にのみたくてのむ酒は、常に自分の心や身体を清浄にし、又は高潮せしめる。だからそんな場合にはわたしは、酒其物を霊魂あるもののようにも、将又《はたまた》極めて親しい友達のようにも思い做すことがある。

この頃、余り沢山詰め込み過ぎた報いで、どうも身体が思うようでない。従って従来ののみ友達などから、「牧水も箍《たが》がゆるんだ」と罵倒される程、酒に耽る場合が尠《すく》なくなった。又中には、わたしのこうした様子を見て、まじめに禁酒を忠告する人もある。けれどもわたしは、自分というものに興味を持っている間は、恐らくこの懐かしい友と別れることは出来ないであろう。

春になって、桜でも咲いたらば、「創作社」の野外宴会を開いて見たいと思っている。そしてその時に久しく取っておきの、底を抜いて見ようと今から楽しんでいる。

若山牧水

ビールの味

高村光太郎

何という映画の中だったか洋画の時代物に、その年はじめて出来たビールを、地下室に沢山並べられたビール樽の底から手ごろなジャッキに取って、泡を吹きふき飲む場面を見たことがあるが、これはさぞうまかろうと思った。ビールはどうも古いのはまずい。生ならスタンドに立ってつぎ立てを一気にのむに限る。卓上にジャッキを置いて、小さなコップへちびちびついで時間をとって飲んでいるのは見ていてもまずそうだ。ビールの色が見るうちに変るような気がする。やはり一杯ずつコップで貰うようにすべきだろう。ただそうすると家によってはスタンドの泡の溜め置きにしたのをついでよこすようなけしからんのがある。キナ臭くて咽喉は通らぬ。ビールをのむ時つまみ物は本当はいらない。あれはただ口ざみしいので添えるだけだからなるたけ味の無いものがいい。のし烏賊などをびしゃびしゃ嚙みながら飲むなどはひどい。生姜や玉葱の芯なども気がきき過ぎて却て野暮だ。極くあたり前の塩えんどう、生胡瓜ぐらいがいいが、私は大抵何にも食わない。ビールは飲み干すところに味があるのだから飲みかけにすぐ後からまたつがれてしまっては形無しである。バーなどでのむと何処でも女給さんがそうやるので情けなくなる。先方では成績を上げるためだろうが、それではまるでお客の口が掃溜みたいだ。

私はビールをのめば相当にのむが何もビールが特別に好きなわけではない。ほかの酒は信用して飲めるところが少いから安全第一にビールをのむのだ。生は滅多なところではあぶないが瓶ならまず何処でも大丈夫だろう。もっとも陰で口をぬいて持って来るのはあぶない。夏向きならそう古いのを置く店も無いが冬になるとときどき時代物を出される。ビールも時代がつくと一種不思議な飲料に化して、重たい、三角張った、しぶくえがらっぽい、塩あじを持った、荘厳なものになる。そういうのが雪などで冷えると、雲烟模糊としたものが瓶中に揺曳していてすばらしい。或る山間の宿屋でいつか粉のふいた塩鮭の神代物で、そういうビールをのんだことがある。これはもうビエールでなくてフイエールなもんだと一人で面白がって飲んだらその晩熱が出て顔がかっかとのぼせ、翌日は体に発疹した。

しかしビールの新鮮なものになるとまったくうまい。麦の芳香がひどく洗練された微妙な仕方で匂って来る。どこか野生でありながらまたひどくイキだ。さらさらしていてその癖人なつこい。一杯ぐっとのむとそれが食道を通るころ、丁度ヨットの白い帆を見た時のような、いつでも初めて気のついたような、ちょっと驚きに似た快味をおぼえる。麦の芳香がその時嗅覚の後ろからぱあっと来てすぐ消える。すぐ消えるところが不可言の妙味だ。ぐっと飲むというのがいわゆる呼吸もつかずにのむことになる。そこに味の生理的機械的理由がありそうだ。人がそうやって飲んでいるのを見ただけでもビールらしい一種特別の快さを感じる。二杯目からはビールの軽やかな肌の触感、アクロバチックな挨拶のようなもの、人のいい小さなつむじ風のようなおきゃんなものを感じる。十二杯目ぐらいになるとまたずっと大味になってコントラバスのスタッカートがはいって来る。ギリシャ神殿の円柱の繰返しの美を見るような陶酔が来る。からだがきれいに洗われる。ビールの酔わねばならないからいつでもタイムは四分の四、スケールはダイアトニック。めったに日本酒のようにクロマチックにはならない。

ビールの本場というドイツへ行ったことがないからピルゼン、ミュンヘン等のうまさは知らないが、ロンドンでバスというビールのひどくうまかったことを記憶している。日本に輸入される瓶のスタウトの苦いのはロンドンのスタウトとは違うようだ。私はロンドンの食卓でスタウトを強いられてからビールを飲みおぼえた。本当にのむようになったのは日本に帰ってからのことである。尾張町の角にライオンのあったころはさかんに飲んだ。このごろではドイツビールの生も来ているが、口をあけてから日のたったのは日本ビールよりもまずい。あんまり書くと年中飲んでいるように見えるがふだんは別に飲みたくもない。のむのはほんの偶然の時に過ぎない。いつに限らず昼間は絶対に飲まない。
何でもそうだがビールも器物で味が違う。錫の蓋のついたいわゆるシュタインで飲むとコクが出る。薄手の大きいギヤマンもよし、キリコもいい。いつも無色透明なのがいい。一番飲み心地のいいコップの大きさは四分の一リットルくらいであろう。ビールはうまいが、本当の味は一二本で止めて置く所にあり相だ。何といっても世の中でいちばんうまい飲み物は、山へ行って崖から湧き出る岩清水をのむ時のうれしさだ。ビールなど足もとへもおよばない。実際水ほどうまい物はまたとなかろう。

高村光太郎

あたしは御飯が好きなんだ！

新井素子

　夏のよく冷えたビールって、おいしいんですよね。秋ぐちから冬場にかけてのお酒も好き。何かの会とか、どこかへお呼ばれした時、目の前においしそうなお料理がずらっと並んで、コップの中のビールが、しゅわしゅわなんていっていると、なんか、とってもしあわせになります。

　でも、駄目なんです。ちょっとたりないんです。すぐ崩れるんです。このしあわせ。

　あたしは御飯が食べたいんだもん！

★

　何度も裏切られてきました。対談の席で、団体旅行の夕飯の席で。そう、特に許せないのは、旅行の夕飯の席。

　二十数人の団体で山菜食べにゆこうって話がありました。春先。温泉。山菜。いいなあ、そういうのすごく好き。即座に話にのりました。で、とある温泉場。

お風呂はいったり、ちょっとあたりを散歩したり、記念写真とったり何やかやしていると、夕飯の時間になったんです。お昼がちょっと早かったし、量もあんまり食べていなかったものですから、もう、猛烈におなかはすいていました。嬉しいなあ、これだけおなかすいてたら、お食事、さぞおいしいだろうな。

広いお部屋にずらっとお膳が並んでいます。お膳の上見て、幸福感はほとんど至福感となりました。天ぷらにしたのとか、あえたのとか、煮たのとか、山菜が沢山。あ、野沢菜つけたのもある。お魚もおいしそうだし、とにかく好物いっぱい。隣近所の人にビールついであげて、隣近所の人からビールついでもらって、さあてお食事、はじまりはじまり。

これで無事にお食事おわれば、別に何の問題もなく、めでたしめでたしなのですが――お膳にビールがあったのを見た時、気づけばよかったんですよね。このパターンの食事は、決してめでたしめでたしでおわらない、それどころか、ことあたしに関する限り、はじまりもしないんだ！

何故って。主役がでてきてくれないんだもん。待てど暮らせど主役が来ないんだもん。主役――そう、御飯。

野沢菜づけ、大好きです。これがあれば、他のおかずはいらないやってくらい。だから、できれば一番おなかがすいてる時に、まず野沢菜づけを食べたいんですよね。なのに——なのに、御飯なしの野沢菜づけなんて、考えられない！

御飯なしのおつけ物は考えられないけれど、考えられないって程過激なセンでなくても、考えたくないってものもあるでしょ。

山菜旅行の時はでなかったけれど、たとえばお刺身。御飯なしのお刺身は考えたくない。お刺身って、たとえば脂ののりきったトロにわさびたっぷりきかせたおしょう油つけて、白いほかほか御飯の上にのっけるからこそ、おいしいんだもの。わさびが舌を刺激して、トロがねっとりと舌の上で溶けて——で、御飯があるからこそ、口の中がやたら油っぽくもならずに、適度にさっぱりしておいしいんじゃないですか。

御飯なしの天ぷらも、あんまり考えたくない。御飯なしの焼肉も、できれば考えたくない。御飯なしの……。

で、あたしとしては、他の方がおいしそうにお料理つつくのを横目で眺めて……。

お刺身。これはできる限り御飯を待とう。天ぷら。やっぱり御飯を待とう。お肉。御飯待つべきだろうなあ。

勿論、この間、必死の努力はしてるんですよ。仲居さんに必死になって頼む、すみません、御飯下さい。廊下へ出張して頼む。ごめんなさい、御飯下さい。

そりゃ、最終的には、お酒がなくなった頃御飯でてきます。でも……できればその前に欲しいんだけど……。(この間、京都に行った時なんか、計五人くらいの仲居さんに御飯たのんだんだけど……目、まん丸にして、エイリアンでもみつけたような目つきで、言われたもんね。「御飯……もう御飯、食べるんですかあ？　まだおビール、沢山あるんですよお」)

★

両親にこの話したら、とにかく莫迦にされました。それ、あたり前だって。

「おまえが完全に下戸なら、宴会がはじまる前に、お酒まったく駄目なんですって言っておけばすむんだろうけど……飲むくせに御飯食べたいっていうのが無理なんだよ」

両親に言わせると、空腹時に飲むビールと満腹時に飲むビールは、まるで味が違うんですって。あたしみたいなパターン——御飯たべながらお酒のむっていうの——は、お酒の味もお料理の味もぶち壊すっていうんだけど……あたしとしては、そのパターンでないとお酒のめない。

(もっと単純に言えば、あたし、おなかがすいている時は、とにかく御飯が食べたいんです。ある程度御飯たべないと、お酒のむ気になれないんです)

大体、乾杯はつきあうけれど、そんなに飲めないっていうレヴェルの人と、御飯少し食べないとお酒飲む気になれないっていうあたしみたいな特異体質の人と、とにかくお酒飲みたい、御飯はどうでもいいって人を、いっしょくたに扱うっていうのがそもそも、間違ってると思いません？　宴会席における、飲めないことはないけれど、どっちかっていうと食べたいって人程、みじめな存在、ないんだから。

★

お酒がつく時には、お酒がおわるまで御飯ださないっていうのが、日本料理のエチケットなんだそうですが、このエチケット、何とかならないものかなあ。お酒のつよさなんて、人によりけりなんだし、あたしみたいな人も他にいるかも知れないし。全員に最初から御飯だぜ、なんて言わないけれど、御飯欲しいって言った人には、すぐ御飯がでるといいなって思うんですよね。

うん。あたしは、おかずがあたたかいうちに御飯たべたい。ぜひ食べたい。

あたし、御飯が好きなんです。

新井素子

酒のエッセイについて

二分法的に

丸谷才一

2といふのは危険な数字だとC・P・スノウは言つた。そのこころは、物事をあれかこれかと割切つて考へると話がとかく大ざつぱになるといふことらしい。弁証法などといふ奇妙な論法が幅をきかせるのもこの二分法の結果であるとスノウは嘆いてゐた。

これはたしかに言へるかもしれないね。黒か白か、保守か革新か、善玉か悪玉か、甘口か辛口か、巨人か阪神か、パンダかコアラか、と言つた二分法ではこぼれ落ちるものがあまりに多すぎる。鉄幹是なれば子規非なり、子規是なれば鉄幹非なりと息まくのは威勢がよくていいけれど、歌の詠み方の心得として与謝野鉄幹も正岡子規も両方とも正しい、あるいは両方とも間違つてゐることはいろいろあるのぢやなからうか。あるに決つてる。

しかし、黒と黒以外といふ言ひ方の二分法なら文句が出ないはずだ。これならたしかに筋が通つてゐて、巨人びいきとそれ以外とによつて野球好きの全部を抑へることができる。この場合、たとへば山口瞳さんのやうな、野球それ自体を楽しむからどこのひいきでもないといふ人は、山藤章二さんのやうな阪神びいきといつしよに、それ以外、のほうにはいつてしまふのである。もつとも折角これで行つても、善玉とそれ以外なんて分類は本質的にをかしいかもしれない。といふのは、善玉なんてものは昔の時代小説か時代劇映画かそれとも今のテレビ時代劇にしかゐないものだからである。つまり、やかましく言へば分類が意味をなさないわけだ。それから、パンダかそれ以外かにしても、世にはパンダもパンダ以外の獣も、両方とも好きな人もゐる。だから、この二分法も理屈に合はない。が、この際、さういふ面倒なことは考へないことにしませう。大体のところでいいのである。あまりうるさく心配すると健康に悪い。

ところでこの手の二分法をちよつと応用してみる。

あらゆる人間は酒好きとそれ以外とに分れる。これはまあ、いいでせうね。もちろん本当は、その中間の人だつて大勢ゐるわけですが、そこを強引に分けてしまふのである。たとへば、週に一回以上飲む人は前者にはいる、といふ具合に。あるいは、何かのときに一杯飲んで「うまい!」と思つたことのある人は前者、といふ具合に。

そして、あらゆる酒好きの人間は……いいですか、ここからが独創的ですよ。今までこの問題をこんな角度から論じた人はゐなかつた。ひよつとすると、一人くらゐゐるかもしれませんが、わたしは知らないから、つまりゐないやうなもんです。あらゆる酒好きの人間は、酒について書いた文章を好んで読む者とそれ以外の者とに分れる。

そのことをわたしは、実はかねがね不思議だと思つてゐました。ねえ、さうではないでせうか。わたしは不思議だなあ、このことが。ブラック・ホールとか、コンピューターとか、クラシックの作曲家の頭の仕掛けとか、男色とか、さういふことと同じくらゐわからない。

もちろんわからなくたつて、別に困りやしない。税務署から督促が来るわけでもない。悪い夢を見て寝違へをするわけでもない。晩酌の味が落ちるなんてこともないでせう。打撃も損害もまつたく受けないんですが、しかし妙に気にかかる。

そんなこと、不思議がるのはをかしいと言ふ人もゐるかもしれません。さういふ人は多分、酒の味と文章の味を共に解する人が酒についての文章を楽しむのだ、と主張するにちがひない。しかし果してさうでせうか。わたしの見るところ、かなりの読書家でかつ酒をたしなむ人でありながら、青木正児の『酒中趣』も、吉田健一の『酒宴』も手に取つたことのない人がかなりゐるやうな気がする。キングズリー・エイミスの『酒について』にも、杜甫の『飲中八仙歌』にも無関心で、それにもかかはらず、たとへば日曜の午後、あるいは平日の夜ふけ、『西遊記』とか、ギボンの『ローマ帝国衰亡史』とか、マルクスの『資本論』とかに栞をはさんでから、杯を口に含む人だつてゐるやうな気がする。いや、ひよつとすると、酒と文章を二つながら好む人士のうち、酒を主題とする詩文を愛読する癖の持主は、むしろ少数派に属するのかもしれない。うん、これは正しいかもしれないぞ。もしも逆に彼らが多数派なら、酒についての本はもつとよく売れて、たとへば吉田健一さんなんかは陶朱の富を誇つてもよさそうなものなのに、わたしの見るところ、さういふ気配はあまりなかつた。

そんなことを言つたあとでかう書くのはをかしいかもしれないけれど、しかし吉田さんにはよく御馳走になりましたね。いちばん印象に残つてゐるのは、ある年の正月、篠田一士とわたしがお宅にお招きを受けたときで、十二時ごろ引上げようとすると、奥様がかうおつしやつた。

「今夜のお客様は本当によいお客様で、三人で三升あけました」

吉田家では、よいお客様の必要条件はよく飲むことなので、これも感心したけれど、しかし、わたしはせいぜい五合くらゐしか飲まなかつたから（本当です）、二升五合の菊正宗は吉田さんと篠田が飲みほしたのである。

篠田と清水徹とわたしが、銀座の胡椒亭で御馳走になつたことがあつた。まづティオ・ペペ。ドライ・シェリーは三杯までといふ規則は守られるのだが、ただしシェリー・グラスではない。マスターが吉田さんの流儀を心得てゐて、うんと大ぶりのワイン・グラスにつぐ。これを三杯。こたへますよ。

たしかこの席でわたしは、筑摩書房の編集者から聞いた噂話を披露した。野坂昭如が東京地方区の参議院選挙に立候補したとき、筑摩の社員某氏が事務局長になつてすこぶる努力した。

この功に酬いるため、野坂は選挙終了後、四斗樽一つを贈つた。これを筑摩書房の応接間に据ゑる。届いた日はみんなが大喜びで飲む。二日目はほんの四五人。三日目は二人。そして四日目も二人。そしてこの日あたりから筑摩の社内は酒くさくなつて、頭が痛いと嘆く女子社員が続出し、出勤して筑摩に近づくにつれ、酒の匂ひがプーンと漂ふやうになり、果ては、社屋を囲んで小蠅の大群が真黒に乱舞する始末。おそらく東京中の小蠅が集合したのではないか。

というふ話をすると、吉田さんは大笑ひして、樽が届いたらすぐビンに分けなければならないと教へてくれた。さうしないと、水分が樽に吸はれて酒が濃くなり、つまり味が落ちて分量がへり、さらに、どこからともなく小蠅が集つて来るのださうである。樽の着く日までにあらかじめ四十本のビンを用意して置き、四斗の菊正宗をビンに分ける情景の描写は、吉田さん一流の簡潔で鮮明で優雅なものだつた。たしかシャブリか何かを飲みながらだつたはずである。なつかしい。

思ひ出話に熱中して何を論じてゐるのかちよつと忘れかけましたが、ここで元の線に無理やり引き戻しますと、こんなふうに酒に関連のある他愛のない話を聞きながら酒を飲むのは楽しい。それはすくなくとも、最近の日本政治の腐敗や日本文学の不振や日米貿易摩擦などを憂へながら飲むよりずつと楽しい。あれは酒を肴に酒を飲む趣である。血で血を洗ふといふのは残虐で殺生なことを言ふときに用ゐるが、酒で酒を洗ふのは正しくその反対である。閑雅で、天下泰平で、気持が豊かになる。羽化して登仙するための準備として申し分ない。かういふ酒の飲み方もまたわたしが吉田さんから教はつた大事なことの一つであつた。

そしてここまでわかれば、酒が好きな人のなかに酒についての文章を愛読する人がゐることも納得がゆく。彼らは、酒を飲みながら酒について語ることの延長として、あるいは模倣として、あるいは前祝ひとして、酒について書かれた文章を読むのである。その人が坂口謹一郎氏の『世界の酒』や篠田統氏の『中国食物史』の酒に関するページを読みながら、ブランデーを飲んだり老酒を飲んだりするかどうかといふことは、さしあたり問題ではない。飲んだつていいし、飲まなくたつてかまはない。そのとき彼が実際に杯を手にしてゐなくたつて、脳裏においては酒杯をあげてゐるのである。

これは本当です。たとへば、

酒をのみだしたとき、日本酒なら四、五杯目、ウィスキーなら一杯目ぐらいから、今日はコンディションがいいかわるいか、大抵はわかるものである。酔のまわりがやわらかく、酒の味がこっくりと感じられるときは安心してのむがいい、のむほどに酔うほどにいよいよ爽快味が増進してゆく。しかしときにはほんの少しでも、ついひっかかつて、するすると喉をとおらないような気がすることもある。そういうときはコンディションがわるいと思うべきで、もちろん深酒は禁物である。しかし周囲の雰囲気その他の条件で、途中から不意によくなることもある。そうなったら安心して杯を重ねてさしつかえない。（中略）
酒をのむについて自分の酒量を知っておくにこしたことはないが、そんなことを気にしてのんでいたところでうまくはない。それよりか今日の酒のうまさまずさに敏感であることが一番だ。
酒はうまく感じてゆっくりのむにかぎる。
うまく感じたときほどあせらずにゆっくりのむといったほうがいいかもしれない。これが大切なコツともいえよう。

なんて名文を読んで、一杯やつてるやうな気分にならずにゐられるものか。これは奥野信太郎氏のごく短い文章（『酒を飲むコツ』）の真中の数行を割愛したものですが、中身である教訓の実用的な効用と言ひ、文章の風情と言ひ、間然するところがない。平仮名の多い文字づかひがきれいなことにも御注目あれ。とにかくいい気持になつて、陶然としますね。

ついでに言つて置けば、奥野氏はまたこんなふうにも書く（『北京の羊肉料理』）。

西北風《シーペイフォン》　ということばは、ただちに羊の肉を想わせる。それほど羊の肉は寒さにゆかりをもっている。山野に青いいろがなくなって、みわたすかぎり裸樹のすがたになると、この肉の味わいは臭気を脱して肥えてくる。（下略）

どうです、羊料理で白乾児《パイカル》をひつかけたくなるでせう。つまり酒に合ふものは、酒についての話、酒についての文章に限らないので、食べものについての話、食べものについての文章もまたなかなかいいのである。

ところが世の中にはそのへんの事情を先天的にわきまへず、せつかく酒を好むくせに、酒について書かれた文章を楽しまない（そしてもちろん食べものについての文章も読まない）人々がゐる。ああ、何とかはいさうなことだ。さういふ連中は今夜もまた、日本の政治の腐敗や文学の不振や日米貿易摩擦を憂へながら酒を飲んでゐるに相違ない。

タイ、プーケットのホテルのプールで飲む赤塚不二夫

Ⅲ 酒の悪癖

酒徒交伝

永井龍男

湯川秀樹と小林秀雄の対談が、新潮に掲載されたのは何年前だろうか。とにかくそれから間もなくのことだ。横須賀線の終電車で、久保田さん（万太郎）、林房雄、それに小林秀雄と私という顔が合い、鎌倉で降りてからも別れがたい気分で、その日の仕上げにもう一杯やることになった。この他にも誰か一人二人いたのであろうが、誰が云い出すとなく駅に近い一座敷に集まった。

久保田さんの献酬の早さは、千手観音に似ている。ビールでも酒でも、グイッとやって四方へ廻す。

お互いの酔いが盛り返してくると、なにかがキッカケで議論めいたやりとりになって来た。

今日は相当な酔い方だなと、電車の中から小林さんの様子に気を配っていたし、林房雄の方は、何度とない失敗の後その頃から酒の上で議論口論することを、極力避けるように心掛けているのも知っていたから、一足先きに小林さんを誘ってその家を出た方がよいと私は思った。酔っていない自信という奴が、私にはあったのだ。

精密な歯車の組合せを、一つ一つほぐして酒で洗ったかと思うと、それをまた組み立てるような、云わば独り遊びをしながら小林さんは酒を呑むことがある。そんな時に、砂埃り一つ飛び込んでもいら立ってくる。甲高い声になって、相手を征伐にかかるのだが、その晩は割りに素直に、私と一しょに外へ出た。

三月の初旬で寒かった筈だが、それが苦にならないのも酒のためだったろう。小林さんの家は、鎌倉市内の一番高所にあるから、とてもそこまでは従いて行けない。山の下まで送るつもりで歩き出した。

湯川秀樹対談を雑誌の他に、出版された単行本まで買った位で、熱心に読んだ後だったから、私はそのことに触れたかった。

そこで、悩まされたエントロピーという熟語に就いて、私は質問を始めた。

「エントロピーって、どういうことなんだ」

いつも私は、そんな風に小林さんに質問する例になっている。が、これには小林秀雄も困ったらしい。物理のブの字も無い男が、無鉄砲にかかってきたのだ。

「エントロピーってなア……」

とまでは受取ってくれたが、それ切り黙ってしまった。

私にしても、百科辞典位は引いてみた上だが、「クラウジウスに依って一八〇〇なん年かに発見された、一種の物理量で、物体が絶対温度Tに於て……」なぞと記してあるのでは、読まない方が迷いはない。

「エントロピーっていうのはねエ……」

「うん、うん」

そういう時の小林秀雄は、誰にでも懇切丁寧である。

「宇宙の中のだなア、つまり自然現象って奴は、エントロピーの法則に……」

「うん、うん」

なんとか頭の中へ入れようとすると、ひとりでに小林さんの体に寄り添う形になる。酔っている頭が、アドバルーンのように、フラついていたのであろう。

「例えば、山があるとするだろう？　山ってものは、刻々に低くなって行くんだな。絶えず、平面の方へ近づいて行く、一種の移動を行なっているんだな」

「うん、うん」

鶴岡八幡の横へ出て、「うん、うん」の度びに、知らず知らず私の体が寄り添うのを、道の端まで来ると、小林さんが除けるようにする。それも、その時はまだ気づかずに、私は聞き耳を立てていた。

「平面へ平面へと、移動するエネルギーの法則だがね」

「うん、うん」

小林さんのその時の説明は、こんなものではなかったかも知れない。一切これは私の記憶で小林さんに文責はないが、それからおよそ一、二分して後、小林さんがエントロピーに就いて証明したことだけは、間違いなく彼の責任である。

私は次ぎの瞬間、引き窓から月夜の空を見上げたような……、いや、そんなまとまった感覚はもっと後になってからで、忽然として私は別世界にいた。

つまり、小林さんに何度目かに寄り添って行った私は、八幡様添いの深いきっ立ての溝の中に、そのまま墜落していたのだ。しかも、どういうはずみか、あお向けに空を見て、長々と浅い水に漬っていた訳だ。

軽い脳震盪の頭が、やがて流れに冷やされると、ビルとビルの間の夜空のような遠さに、鎌倉の星月夜が見えてきた。

「ははア、落っこちたんだな」

と、その時思ったが、どうしていいのか早速の判断は出て来ない。チョロチョロと水の音があり、体の裏側全体がひどく涼しい。

すると、ビルの間の夜空に、ヌーっと黒い頭が現われて、静かにこっちを見下ろしている様子だ。

「落っこっちゃった」

そのままあお向いた姿勢で、私はそう云ったかも知れない。

「……大丈夫か？」

小林さんの短かい言葉が、冷静に上からかけられた。

「そうか。起きなきゃいけないんだった」

と、覚って立上がると、溝は深くて肩の処まであった。

延ばしてくれた手を頼りに、這い上がった。

奇妙なことに、怪我らしいものはどこにもない。靴は片っぽ素ッ飛んで、こんにゃくの冷たいのを、背中に背負っている気分だ。片っぽの腕が凍りつく程冷たいので、そこにしつこく巻きついている物を、じゃけんに外して捨てたが、翌朝考えてみると、それがその時失くした腕時計だった。

「平気か？」

「うん、大丈夫だ。山の下まで送って帰る」

深夜だから好いようなものの、馬鹿な奴で、その恰好でまだ見栄を張っていた。

「つまりな、これがエントロピーの法則だな」

小林さんはなんにもなかったようにポツンと、その時そう云った。

山の下まで頑張ったのは、溝へ落ちたのは不慮の災難で、酔っているのは小林さんの方だと、飽くまで云い張りたかったかも知れない。一人になると、そこから十五分ばかりの冬の道を、震えながら家まで駆けた。

後になって考えると、小林さんが一向驚かなかったのには理由があった。泥酔した彼自身が、終戦後の不備な水道橋駅のホームから、一気に場外へ転落した経験があるのだ。

何間ある高さか、見下ろしただけでゾッとするが、かすり傷も負わずに、ある病院で眼を醒したと云う話は、余り有名だからここには繰り返さない。

失敗

小林秀雄

酒の上で失敗した話を書かなければならない事になったが、何しろ失敗は各所で各様に演じて来たので、どれを書いたらいいか迷う。それにそんな事を書かせられる事になろうとは夢にも思っていなかったので、書くのに都合のいい失敗もして来なかった。どうも気が進まぬ。うっかり約束して了《しま》ったのを後悔している。近頃の割合に穏健な失敗を書く。過去に遡《さかのぼ》ると書くに忍びない様な奴が出てくるから。

鎌倉の駅の近所に、東京で呑み足りなかった酔っぱらいが、終電車ではこばれて来るのを待っている小料理屋がある。何もこんな厄介な客を店を開けて待っている必要ないじゃないか、ええ、そうだろう、おい、なんでえ、おでん屋の癖にいつも湯豆腐ばっかし食わせやがって。だから、向うでは決して歓迎はしていないのである。起きているのはこっちの勝手だよ、誰が終電車なんか待ってるものか、とお神さんは口惜しそうに言う。彼女は、僕のことを終電車と呼び、特に好意を持っていない。それは、いつか彼女が奥に引込んだ際に、冷蔵庫を開けてたねを持出し、みんなに寿司を握って食わせた事があったからである。そこを出たのは、もう二時を廻っていたろう。連れの従弟も、もう起きてるうちはないのか、とへべれけになっていた。よしよし、俺にまかせろ、と歩き出して、知っている待合を叩いたが起きない、無暗《むやみ》に高い門があって、いつもそいつを登るのだが、二人ともぐでんぐでんで、乗り越える勇気が湧かない。何《な》んでもここら辺りにも一軒あった筈《はず》だと、勝手口らしいところを滅茶滅茶に叩いた。木戸が開くと、やい、何をまごまごしてるんだ、と従弟を怒鳴りつけてさっさと茶の間らしい室《へや》に上り込んだ。茶の間らしいというのは何分酔眼に映ったところだから、正確な描写が出来ないのである。卓袱台《ちゃぶだい》とお櫃《ひつ》があり、そこいらが散らかっている。何んだ、汚ねえ部屋だな、座敷はないのか、座敷は、と卓袱台の前に坐って、はじめて女中さんの顔を見たが、どんな顔をしていたか覚えていない。上って来た従弟は、隣室をあけて(あいていたのかも知れない)、寝ている男の頭髪を摑んで、起きろ起きろ、失敬な奴だ、とゆすぶっていた。遅くなって済まなかったな、何んにもいらない、二三本呑んだら直《す》ぐ帰る。という様な事を言い、ここでいいから、少しそこいらを片附けろ、酒を早く持って来い。従弟に起された書生さんらしいのが、手持無沙汰に部屋の隅に坐っている。酒が来ると、二人は周囲を全く黙殺して呑みだした。お銚子を何本かお代りしているうちに碌《ろく》に口もきかないでかしこまっている女中さんと書生さんの様子と、特に気がついたわけではないが、何んとなくあたりの調子が変だと僕は気が付いた。まさかと思い乍《なが》ら、念の為に、ここは待合さんなんだろうねときくと、冗談じゃない、私達は別荘の留守をしているのだと言う。これには驚いた。平身低頭して、明日改めてお詫びに上る、と外に出て、どこをどう帰ったのか、二人は翌日無事に僕の家で眼を覚ました。いかに何んでも、あんまり迂闊《うかつ》だぞと従弟に言われて、さてその家というのが何処《どこ》だかわからない。従弟は、鎌倉を知らないので無論わからない、覚えている事も僕以上を出ない。今もってわからない。狭い土地のことだから、女中さんも、書生さんも、其後僕に何度も会っているかも知れない。さぞこの野郎と思って見ている事だろう。致し方ない事である。

小林秀雄

酒は旅の代用にならないという話

吉田健一

この頃は旅行に出かけたいと思うことがよくある。過去を振り返ってみると、どうも酒を飲み出してから旅行に行く回数が減ったようで、その証拠に、一昨年だったか（百年も前だという気がするが）、京都で一日二晩痛飲したのを除けば、旅に出てどこの酒が旨くてどんな肴があったという種類の記憶が殆どない。これは酒に酔うということが旅行するのに似ているからかも知れないので、確かに汗だくになって夏の町中を歩いている人間がビヤ・ホールに入ってジョッキを二、三杯も空ければ、そこに別天地が開けて、厳密に言ってそれがビヤ・ホールに入る前と同じ人間かどうか解らなくなる。

思えばこういう旅行の方法を何と根気よく続けてきたものだろうと、我ながら感じ入る次第で、その意味では今でも少くとも週に二、三回旅行しないことはない。この方が軽便であることは確かで、いきなりどこかの店に入って、「お銚子」とか「ビール下さい」とか言えば、それで旅行が始まる。前は床が海の上も同様に揺れるようになったりして漸く感じが出たが、この頃はビールの二、三本も飲めば、結構いい気持になって、店の外の景色が汽車の窓からと先ず同じ程度に眺められて来る。そのうちに速力が増すのに従って風が起り、波が高くなって、青函連絡船どころではなくなり、急行列車の勢で友達を相手にがなり立てて、それが友達ではなくてただ隣にいた客ならば、後で考えてみて全く気の毒である。

おかしなもので、外国に出かける方が内地を旅するのよりは大ごとであるのと丁度同じ具合に、洋酒を飲んだ時の方が精神的に大きな旅行をすることになるらしくて、それだけ後が大変なことになる。例えば、あちらの文学界の様子を聞かして貰うというようなことで、外国人と一緒に昼飯を食うことになるとする。そうすると、これも一つの仮定だが、どこかのクラブのバーで先ず落ち合って、相手がダブル・マーティニとかいうものを注文するから、こっちも負けずに注文する。これは何か解らない成分の飲みもので、やたらに大きなコップに波々と注いであり、飲むのに骨が折れても、相手が平気で空けていけば今更、至って不調法でしてなどと(それを英語その他の外国語で何と言うか解っていたにしてもである)、渋って見せる訳には行かない。だからこっちも又注文する。そのうちに旨くなってきて、今度は自発的にもう一杯と頼む。それから昼飯になって葡萄酒が出る。

その頃は話も段々面白くなって来ているから、社交的な意味は抜きにして何か飲みものがなくてはならない。そして話は昼飯の後まで続くのが普通なので、次には又バーに戻ってリキュール酒を飲む。それこそもう頭の旅行が始まっていて、バーに並んでいる洋酒の瓶が皆いやに綺麗に見える。それでブランデーにベネディクティンにドムという風に片端から注文して行ってパリに着いたのか、まだスエズ運河を通っているのか解らない気持でその親切な外国人と分れる。それからがことなのである。

旅が酒を飲むのに似ている、とはっきり感じるのはそういう時である。とにかく、後で思い出そうとしてみても、それからどうしたのか見当が付かなくなって、結局、その間だけ精神的に日本からいなくなっていたのだと考える他ない。外国人と話している時ならまだ解るが、そうではなくて、その後なのである。或る時、そういう昼飯の後で或る出版社に大事な相談をしに行って、それから又銀座に戻って飲み始め、その頃になって漸く我に返った。だから出版社に行ったことなどは全然忘れていた訳で、その後何日かしてその日相談したことに就て出版社から手紙を貰ったが、それでもまだ思い出せなかった。今でもその時のことは何も覚えていなくて、ただそういうことがなかったのだとすると、出版社から手紙が来たことの説明が付かない。

これは白昼やった中では大旅行の部類に属するが、夜ともなればこういうことは、少くとも前はよくあった（この頃はそういうことをしないという自信を持たして貰いたいのである）。

或る時、或る人と飲んで、横須賀線のフォームまで送って行って貰った途端に、フォームの上に大の字に寝てしまったらしい。そこへ電車が入って来たので、やれやれという訳でその人が中まで担ぎ込んでくれたのだが、それが生憎、横須賀線ではなくて湘南電車で、小田原に着いてからやっと目を覚した。もっともその時の状態では横須賀線に乗っても、又誰か親切な知人に会わない限り、横須賀か久里浜まで乗り越したかも知れなくて、この乗り越しの経験が度重なってかつての旅心、酒を飲むのとは別な本ものの旅心を再び持つようになったのではないかと思う。

小田原まで乗り越したその時もそうで、もう帰ろうにも帰れないから、円タクを摑まえて宿屋に案内して貰ったのが既に一つの旅だった。昔これと同じ位がたびししたタクシで、知らない町の知らない宿屋に何とたびたび運んで行かれたことだろうか。鞄はなくても、本だの原稿だのを入れた風呂敷包みをちゃんと持っている。案内された宿屋は大したものではなかったが、汚くはなくて、二階の一部屋に通された時はそぞろに旅愁を覚えた。北海道に渡って函館で泊った宿屋の部屋も、丁度そんなのだった。夜の十二時頃で腹が減っていたので、天ぷら蕎麦を取って貰った。これは函館ではなくてその小田原の宿屋での話で、それが来るのを待っている気持は、どこの宿屋でだろうと晩飯が出るのを待ち遠しく思う、あのやる瀬ない心情に似ていた。見馴れない部屋で、何となく寝付かれないようなのも、全く旅の感じだった。これからは乗り越すのに最適の季節だから、未経験者には是非一度やって御覧になるようにお勧めしたい。

これは、その時だけではなくて、横須賀でも田浦でも（そういう駅が逗子の先にあり、歩いて帰るのにほんの少し遠過ぎるのである）非常に懐しく思ったのだが、前の晩に泊った宿屋で翌朝目を覚して、どうも自分の家じゃないらしいという気がするのも実にいいものである。それが友達の家だったりする場合があるにしても、要するに、自分の家でなければ旅に出ているということなので、まだ眠いのも手伝ってその感じが一時に湧いて来る。旅先ならばそれはどこか、少なくとも年中鼻を突き合せていて見飽きた場所ではなくて、それだけにどんなつまらないことでも何か目を惹くに足る清新なものを持っているのに決っている。旅先だから、先ず大して仕事もないものと考えていい。まだ見たこともない眺めや、食べたこともない珍味が眼や口を楽しませてくれるかも知れない。旅は日常性からの解放である。精神が息を吹き返す永劫の回帰、——何でもいいや。とにかく、それが旅への誘いでなくて何だろう。

そしてこれは、市中で酒を飲んでいるだけで出来る旅ではない。酒を飲むことも日常生活の一部になってしまうからで、倦きてくれれば酒に酔っても、又かと思うようになる。それでいつもの倍も飲んで、どこか横須賀線の先で泊ることになっても、乗り越しであればその日のうちに帰って来なければならなくて、旅の実感を取り戻すのにはいいかもしれないが、まだまだ本ものとは言えない。どうしても汽車に乗るか何かして、鞄を持って旅行に出かけることが必要なのである。その症状が第三期に入れば、旅行雑誌を幾ら引っくり返して見ても代用にはならない。どうやら筆者もその第三期の症状を呈し始めて来たようである。それでこの拙文の第一行に戻って、この頃は無理をしてでも旅に出かけることばかり考えている。

一品大盛りの味——尾道のママカリ

種村季弘

　ママカリをはじめて食べさせてくれたのは、シナリオライターの石堂淑朗である。尾道出身の石堂のところにはときどき郷里から好物の魚が送られてくる。そのご相伴に与ったのである。関東のコハダや鯖ほど荒くない、瀬戸内海特有の柔くて軽い魚肉を酢で殺した風味はさすがにこたえられなかった。ほんとうは採れたてを炭火焼にして松茸と一緒に柚子で食べるのだが、東京でそんな食べ方は望むべくもない。

　そのお返しというわけではないが、石堂を母方の郷里の九十九里浜に招待したことがある。私が世帯を持った年だから昭和三十九年夏、当時私は何かの拍子に分不相応の大金が転がり込んで、友人知己を誘って飲めや歌えの梯子酒で連夜を過していたが、お金はなかなか思うように減ってくれない。そこで何もしないでぼんやりしていれば自然に減ってくれるだろうと、母方の郷里に家を一軒借りたのである。母の出た家は小さいながらも網元なので、そこから毎朝目先の変った魚が届けられた。申すまでもなくタダである。

そこへ石堂が来た。海辺に育った人間の常として、彼もまた魚というものはタダだという固定観念から抜け切っていない。東京で一緒に飲んでいると、魚に値段がついているといって憤然としているので、九十九里に来て久方ぶりにタダの魚にありついたわけだ。いや、一見タダであるかのような魚にありついて相好を崩していたのだが、これは隠された流通機構の秘密を知らなかったまでのことである。

実を言うと、本家から従兄の正ちゃんが毎朝届けてくれる獲れたての鮮魚は、いつのまにか吉兆か福田家並みのお値段になっていたのである。単に値打物だったという話ではない。先にも言ったように、私の借りていた家は九十九里海岸の漁師町にある。漁師たちは大漁続きの後の不漁の時は終日ごろごろしながら手なぐさみをしている。天保水滸伝の舞台となった土地柄だけに、ここは本場である。その、本家の正ちゃんが開いているゴザにうっかり坐ってしまったのである。潮風の湿気と手垢ですっかり重くなっている花札がドタッドタッという感じで座布団を叩く。それくらいの貫禄物だから漁師たちには札の目が先刻お見通しである。東京でいくら飲み歩いても減らなかった例のあぶく銭がみるみる底をついてきた。正ちゃんが朝魚をかついでくるのは、すっからかんの東京の従兄を餓死させないためではなくて、まだシボれる余裕があるかどうかを偵察にくるのである。

「今夜やってんからヨ、来ねえな」

ニヤッと物凄く笑って、ワラサの大物や渡り蟹をドサッと置いて行く。石堂が食っているタダの魚というのはこれなのである。

エンガチョを移すことにした。三尺程のワラサの銀光りしたのを半身まで刺身にして、大男の石堂と私と女房の三人がそれでも食べきれなくて音を上げた夜、おもむろに切り出した。

「腹ごなしにどうだ。こいつを（と座布団を叩いて）一丁」

「いいね」

「オイ、正ちゃんとこでお札《ふだ》借りてきな」

女房に声を掛けると、まもなく手垢で黒光りした例の花札を借りてきた。石堂が大島渚の映画のための台本を書き上げたばかりで、シナリオ料の半金をごっそり持ってきていることはもう確かめてある。あとは正ちゃん直伝の札の目読みでそれをそっくり頂戴するだけである。角の丸くなったのが坊主で、裏張りがちょっとめくれたのが赤よろし。四光五光に赤青が面白いほどころころ出来た。

「バカツキだなあ、お前。俺はどうも調子が出ないよ。変だな」

タダの魚を食った罰で、石堂はシナリオ料と東京で返すはずの相当な借金まで残して、それでも「魚がタダってのはいいなあ」とニコニコしながら帰って行った。真実というものは、なまじ知らない方が身のためなのだ。

だが、好事魔多しとか、私の方にも罰が当った。偶然だがこれもきっかけはママカリである。帰京して石堂から鬼のように借金を取立てていると、ある日珍しく先方からの電話で、ママカリを送ってきたから取りにこいというのである。石堂は当時千歳烏山のマンションに住んでいたので、早速そこへ駆けつけると、部屋のなかが何か只ならぬ気配である。ドアを開けた瞬間、大き目の猿のようなものが奇声を発しながらこちらをさして突進してきた。

「お前が種村か。入って飲め。コラ、飲めというんだ」

入れ違いに石堂が廊下に出てバタンとドアを閉めた。初対面だが、これが映画界酒乱の随一浦山桐郎であることは聞かなくても分る。石堂は相手をしているうちに始末に負えなくなって、ママカリを餌に私を釣って、酒呑童子に捧げるか弱いお姫さまのように浦山に当てがおうという魂胆だったのだ。気がついたときには万事休すで、マンションの一室に日本一の酒乱と一緒に監禁されていた。殺風景な部屋に不似合いなステレオがでんと置いてあって、いましもレオポルド・モーツァルトの「おもちゃの交響曲」が流れている。その軽快なメロディーにつれて、

「貧乏人の音楽！　貧乏人の音楽！」

と連呼しながら、浦山桐郎がベッドの上で宙返りを打っている。先程の物音の正体はこれだったのだ。柄が小さいせいか、ベッドのバネがトランポリンのように効いて、浦山桐郎は信じ

られない程上の方まで跳ね上っている。しかし落下するときはかならずしも正確にベッドのマットレスの上に決まらないから、三度に一度は着地点が外れて、板張りの床の上にぎゃふんと叩きつけられる。ふつうなら一巻の終りのはずなのに酔っているから痛くも痒くもなくて、また起き上ってベッドに飛び込むと信じられない程の高さから「貧乏人の音楽！」という声が降ってくる。

今これを書いていてもウソのような気がするが、こういう状況でそれからの二日間昼夜を分たず不眠不休のまま、酒呑童子の酒の相手を勤めさせられたのであった。むろんママカリにはお目に掛れず仕舞いであった。三原駅前でママカリ征伐をしたのも、思えばこのときの欲求不満を晴らすためだったものに相違ない。

そういえば因果の轍《わだち》はまだめぐっていて、この夏青森の八戸まで行ったときも、すんでのところでまたしても酒呑童子に取りひしがれそうになった。その町で画家の類家正人さんのやっている「ばんや」というお店で飲んでいたときのことだ。類家さんが何気なく、

「浦山さんと一緒ですか？」

と訊いた。

「浦山って、浦山桐郎が来たの？」

「講演で来たんですって。先刻までここで飲んでたんですよ。アレ、一緒なのかと思った」

ここで本心を悟られてはまずい。出来るだけ平静な面持ちを崩さずに、私は明日五戸にサクラ鍋を食いに連れて行ってもらう約束を類家さんに取りつけた。一刻も早く、浦山桐郎のいる町から離れねばならぬ。

三沢温泉で大風呂に浸ってから回った五戸の馬肉料理店は一風変っていた。高橋肉店というごくふつうの店構えの肉屋さんの奥座敷にありとあらゆる山の薬草を焼酎に仕込んだ壜がずらりと並んでいて、そこでサクラ鍋をつつくのである。森下町のみの家や日本堤の中江のとは違って、菊や山牛蒡や茗荷に凍豆腐や凍大根を加えて大鍋でぐらぐら煮込む鍋だから、野趣が横溢している。それから刺身が出て、サクラの鉄板焼というのも出た。また鍋のお替りをして菊駒という地酒のお銚子がバタバタと将棋倒しになった。

車のなかでうとうとして、目がさめると「ばんや」の前に来ている。お店のなかをおっかなびっくり覗くと浦山桐郎はまだ来ていないらしい。それでも用心のために二階へ上ってまた連れと飲みはじめた。そのうち「ばんや」の看板にひえ飯と書いてあったのを思い出して、それが食いたくなってきた。いまし方詰め込んだ馬肉が咽喉までつかえているから連れと半分ずつにすることにして、私から箸をつけた。ひえを三割方混ぜたゴハンを大鰯の焼いたので頂くのである。麦飯より軽く香ばしくて、あっという間にどこへ入ったのか一人前が消えた。すると連れがうらみがましそうに空の丼を横目でにらんでいるので、女中さんを呼んだ。

「ひえ飯あと二人前ね。いや三人前だ」

丼が並ぶと、酒の酔いとは性質の違う、何か野蛮な陶酔感のようなものが全身にめきめきとみなぎってきて、そうなればもう浦山桐郎がこようが、ジャイアント馬場がこようが、何しろこっちは太古の咀嚼の意志なんだからこわいものなしで、原始の森から食い続けてきた人類がいま自分の口を借りてあんぐりと大口を開いたような大らかな食欲が背中の方から猛然と湧き上ってき、ホカホカと湯気を立てている丼のなかへやみくもに頭を突っ込んでいった。いまなら浦山桐郎が来ても太刀打ちできそうである。

種村季弘

更年期の酒

田辺聖子

某月某日

私の酒はこの頃、ワルくなったといわれる、

「どこがですか」

と心を痛めて問い返すと、

「図々しイなったんちがいますか」

とその人は遠慮しいしい、いった。

私は飲むと大言壮語癖が出てきたそうである。

「何？　シメキリ？　そんなものが何だというのだ！　そんなもんは一応の目安にすぎん！」

私は、このあいだ「朝ごはんぬき？」という小説を書いたが、そこに出てくるヒロインの女流作家はあつかましい女で、原稿をとりにきた編集者に、そういってどなりつける。

必ずしも私のことではないのだが、

「しめきりに間に合う、合わんということは神のみぞ知る。原稿ができるか、できないかということは、その日その日の出来心、しめきりに間に合う、合わんということまで、作者が責任もってられるかッ！」

などといってどなる、実にもう、理不尽《りふじん》きわまる厚かましい女なのである。

現実の私は、むろん、こんな無茶はいわない。いいたいと無意識下に思っているかもしれないが、当然、良識ある人間としていったりしない。

それがお酒を飲むとタガがはずれるとみえ、私はそう叫んだそうである。そういわれればいったかもしれない。

しかし、その場合は必らず、

「これは私の書いた小説の中のヒロインのコトバですが」

と注釈を施《ほどこ》してると思う。知人は、

「そんなことというから、よけい、いやらしい」

と忠告してくれた。

お酒によってタガがはずれる、としても、昔の私なら、やたら手を叩いたり、歌を唄ったり、男性と握手したがったり、するくらいの無邪気さであった。今の私は、酒の力を借りて原稿のおそいのを棚にあげ、言い負かそうとしている。

しかも小説中のヒロインの言葉に責任転嫁してゴマカソウとしているならば、これはもう、図々しいことである。

反省しよう。

だんだん、私も、まがうかたなき中年女になってきたのかもしれない。

図々しい上に、飲むと辛辣《しんらつ》になってきた、という情報もある。これはまさしく中年女の特徴である。人をこきおろすこと辛辣に、しかも、「私のいうことにマチガイあるかッ！」というようになれば、りっぱな中年女だそうである。

しかし私の亭主は、

「それはみな、更年期の特徴だ」

と冷静に診断した。今は、お酒を飲んで辛辣になり、正義の代表みたいな顔をしているが、そのうち、お酒を飲まなくても、そうなるという。

心すべきことにこそ。

某月某日

ウイスキーが強いと感じられ出してきた。

お酒は時により、やっぱりおいしいけれど。

伊丹《いたみ》に住居をもつと、このへんは「白雪」と「大手柄《おおてがら》」というお酒がハバを利かしている。

どっちも飲む。

量はいけない。

ブランデーの水割りがいちばんなめらかにノドを通っていい。しかし手許《てもと》になかったりして、結局、あるものを飲んでるから、種類をえらばずということになってしまう。

酒がワルくなった、といわれてから、私はひがみっぽく、肩身せまくなって、どうも昔のように、お誘いがかかっても即座に、

「いきましょう、いきましょう」

というわけにまいらなくなった。辛辣に友人知人、同業者のワルクチを放言してしまうかもしれない。本当はそう思ってないのに、ツイ口がすべっていう、ということもありうる。私はヒガんで、すくんでしまう気がする。

「ソレ、それが、更年期の証拠だ」

と亭主は指摘する。

「ひがみっぽくなる。いじける」

私はそこで考えた。

しかたない、もう、こうなれば、こうなったで、いちいち、ビビるのはよそう。お酒を飲んで、意気軒昂《けんこう》、何をしゃべったって、べつにいいではないか。人に何といわれようと、それがありのままの自分であるのだ。いい年をして、イイ子チャンになることもないではないか。よーし、いちいち人の顔色よんで、酔っぱらわぬよう用心して、チビチビ飲む、などということは止そう、気宇《きう》壮大《そうだい》にいこう。

「ソレ、それが、やっぱり更年期だ。ケツを捲《まく》るのがそうなのだ。それがどうした、というのが更年期の特徴」

と夫はいった。

しかたないので、今は、行雲流水、無念無想で飲んでる。

いつか、秋田實先生だったか、

「ウレシイ時だけ飲む。いやな気分のときは飲まない」

とおっしゃった。

私はいたく感心し、実行しようとしたが、結局、私にあっては、

「ウレシイ時には宿酔《ふつかよい》になり、いやな気分のときも宿酔になる」

という結果になった。ウレシイ時はよけい飲み、いやなときもよけい飲むからである。

しかし、五十路《いそじ》を目前にして、体調の都合により、お酒がどうしてもノドを通らない、とい

うときがあるようになった。

　昔は、それを辛抱して飲んでると、やがておいしくなり、いくらでも飲めたものである。さすがに、今は、そういうことをやらなくなり、

「では、今夜はこれにて」

と盃を伏せることができるようになった。（ほんまかいな）

その代り、今度はヒトの飲んでるのが気にかかる。よせばよいのに、

「もう、そのへんでおいておかれては、いかがですか」

と忠告し、人々に白けた顔をさせる。他人は白けるだけですむが、亭主にそんなことをいうと、

「このバカ中年女め！」とバリザンボウを浴びせられる。

「ヒトにちょっかい出すところが、正真正銘の更年期症状なのだ！」

　しかしまあ、やっぱり締切りがあっても飲みますわねえ。締切りのないときも、それがうれしさに飲んでしまいます。

やけ酒

サトウハチロー

にくい　くやしい
なさけない
せめて　やけ酒《ざけ》
ひとあほり

涙《なみだ》といつしよに
のみほして
からりと　みんな
忘《わす》れたい

まづくて　からくて
ほろにがい
好きで　のむんぢや
ないものねえ

深酒《ふかざけ》およしと
とめたひと
いまじや　このさま
茶《ちゃ》碗《わん》酒《ざけ》

つらい　酔《よ》ひたい
泣き伏《ふ》したい
身も世もないほど
くづれたい

サトウハチロー

『バカは死んでもバカなのだ　赤塚不二夫対談集』より
赤塚不二夫×野坂昭如

不肖・赤塚不二夫、このたび死にました。

元日の朝、初湯で日本酒100％の酒風呂に入っていたところ、つまみのスルメを持ったまま、溺れてしまったのです。

まさに、酒に溺れた人生そのものの、理想の最期でございました。

つきましては、生前お世話になった方々にぜひ一言ごあいさついたしたく、ご案内申し上げます。

ご多忙中とは存じますが、万障お繰り合わせのうえ、ご弔問たまわりますよう、お願いいたします。


酒乱色情狂院不二夫漫画的居士　　俗名　赤塚不二夫

赤塚　まあ飲みなよ。

野坂　水でいい。やめてるの、酒。ぐでんぐでんになっちゃうから。

赤塚　昔からぐでんぐでんだったじゃない。

野坂　昔はちゃんとしたぐでんぐでんだけど、今はどうしようもないぐでんぐでん。「アルコール依存症」という病気なんですよ。ホテルによく物書きに行くんだけど、そこで飲み始めちゃったら、もうね。歩けなくなってくるね。便所へ行けなくなる。それからシモの始末が寝たきり老人みたいになってくる。オナラをしたつもりが、オナラじゃない。エライことになってくる、われながら。そして、このままでは死ぬと思ってね、もう一生懸命掃除してさ、それで帰ってくるわけですよ。もちろん、ヨタヨタになりながらね。時には昏睡状態になって。よく生きているなと思うぐらいにね。

（中略）

赤塚　何で酒を飲むかということになるわけよ、ね。やっぱりさ、自分の作品をいろいろ作るのに難しいところがあるじゃないか。そうすると、飲むんですよね。よーく飲んでたね。

野坂　オレは小説なら小説書いている時は、酒飲まないんですよ。中島らもは酒飲まないと小説書けなかった人だね。

赤塚　でもやっぱり、書く時って、自分にプレッシャーがあるじゃない。

野坂　オレの場合は逃げているんですよ、小説に。だから逃げられる力がある時は小説書いているから。小説書けなくなっちゃうと酒に行っちゃう。オレのははっきりしているよ。酒の量と小説の量は反比例する。つまり間が保てないんですよ。時間つぶしなんですよ。故人（編集部注・赤塚不二夫）はどういう趣味があったか知らないけど、故人のあまり艶聞《えんぶん》て聞いたことないんだよ。なんか非常に女房には恵まれていたらしいけどさ、だけどあっち行ってやり、こっち行ってやりって、あまり聞いたことない。だいたい女が好きなやつに酒好きはいないから。

赤塚　そうかな。

野坂　渡辺淳一は酒飲めない。五木寛之も飲まない、同じ物書きでいえば。川上宗薫も飲まない。で、酒好きなやつは女はやらないし、賭けごとやらないね。飲む・打つ・買うとくるとさ、飲むを一本やりでやるという最も純粋なさ。

赤塚　女好きじゃないの？

野坂　女好きじゃないですよ。俺の艶聞なんて聞いたことないでしょう。僕は確かに銀座でいうならば、東の横綱だったんだよ。本当によく飲んでいたよ。だけどいっぺんも艶聞出てないもの。

赤塚　でも、女とよく飲んでいたよ。

野坂　オレは絶対女のいるところはダメ。

赤塚　「まえだ」（東京・新宿ゴールデン街の飲み屋）でよくいたじゃん。女と一緒に飲んでいるのを見たよ。

野坂　いやいやいや。オレさ、面倒くさくなってくる、女は。女に気兼ねしてなくちゃならないでしょう。

（中略）

野坂　だから一番いいのは、故人みたいに、あるところまでいったらさ、酒びたりになって死んじゃうことだよ。精神病院では70（歳）過ぎた人間で、酒をやめさせたいと家族が言っても、やめさせることないと言うんです。好きなだけ飲ませなさいと。70過ぎちゃったら体力衰えているからモノを壊すとか、社会的に暴力をはたらくとかって、これできないんです。いかに酒飲んだら酒乱になるといっても、70過ぎたら大丈夫なんだよ。

赤塚　もういいよね。だけどね、酒飲んで酒乱になるやつっているじゃない。オレ、わかんないんだよな、それが。

野坂　オレも酒乱にはならないけど、普段おとなしくて、パッと変わる人っているよ、見事に。

赤塚　オレはね、いっくら酒飲んでも、おとなしい。

野坂　おとなしいというより、故人はだらしなくなっただけなんだ。おとなしいなんていうのは故人のうぬぼれですよ。仏になってまだうぬぼれているわけですよ（笑）。

赤塚　……。

野坂　つまりね、故人のようにシラフの時から漫画やなんかで豹変《ひょうへん》している人間はいいんだよ。シラフ乱というやつだよ（笑）。酒飲むとおとなしくなっちゃうんだよ。たとえば酒飲んでもう子供は殴るわ女房は殴るわ、近所の人は殴るわ。こういうのはやっぱり困るよね。これは酒やめさせなければならないかもわからない。だけども家族に迷惑かけない、ただただ飲んでいるだけというんだったら、もう酒やめさせることないだろうと。酔っぱらって気がついたら故人みたいに死んでいたと。今日はおとなしく寝ていると思ったら、気がついたらミイラになっていて、極楽往生もいいところでしょう。

赤塚　エヘッエへ。

野坂　安楽死ですよ、一種の。オレもだから70までいって、もうこれでおしまいと思ったら……。

赤塚　安楽死に入る。

野坂　うん。その時にまた故人が舞い降りて来ていたら、俺も今度は飲んじゃうよ（笑）。それで朝から晩まで飲んで、適当に。どっちが強いか知らないけど、寝ていればいいんだもの。ただ、ウンコだけは迷惑かけると思うよ。あれはあぶないんだよね。オナラだとばっかり思ったらそうじゃないというやつ。故人はどうだったんですか、最終的には。身体的にだらしなくなる一番の特徴としては。

赤塚 オレの場合は、酒飲んでもあまり変わらないんだよね。

野坂 普段がおかしいから、わからないわけですよ。

赤塚 いや、そうじゃないんだよ。飲んでいると、仕事ははかどるんだよ。

野坂 それはご当人の単なる誤解であって、端から見るとバカバカしいということがあるけども、そういうことない？

赤塚 大丈夫。

野坂 それは酒が合っているんですよ。その延長上で死んだんだから、別になんにも悪いことないんだよ。あるいは一切迷惑だけの話だから。

赤塚 でも、うれしいなあ、久しぶりに会って。飲まない？　やっぱり。

野坂 飲まないよ。いくら仏の指示でも飲まない。

赤塚 いやいや、ちょっと、1杯ぐらい飲めよ。

野坂 1杯ぐらいが1杯じゃないから。僕の場合、1本になっちゃう。

赤塚 1杯で終わりにしようよ。

野坂 無理だから。

赤塚 ダメ？（かわいく）

野坂　そんなふうに誘ったって、こっちはね、もうダメなんだから。打たれ強いというか、誘われ強いからね。

赤塚　昔飲んだじゃない。

野坂　そうじゃなくて、1杯だけ飲んでここから帰るとするよね。そこらに蕎麦屋があったとするね。腹が減ったとするよ。それでもってスーッと蕎麦屋に入った時に、故人の言葉が頭にこびりついてじゃないけど、「蕎麦」と言わないで「ビール」と言う（笑）。そうするともうデーッと行っちゃうんですよ。

赤塚　ビールあるよ。

野坂　僕が言っているのは、アルコール依存症の人が酒にいくのはそういうもんだって。いくら吉永小百合が……。

赤塚　「いらっしゃい」と言っても……。

野坂　ダメだ。

赤塚　吉永小百合がそこから入ってきて「野坂さん、飲みましょうよ」とか（笑）。

野坂　……。吉永小百合が誘ってくれれば飲みますよ。ただ、二人だけだよ（笑）。しかも、こういうところで飲みたくないね（笑）。

（中略）

野坂 オレはだいたい、シラフで人と会ったことない。女と付き合う時もシラフで会ったこと1回もない。

赤塚 シラフの時がなかったとか。

野坂 シラフの時は原稿書いていた。だから原稿の注文がなくなるにしたがってアルコール依存になっちゃった。俺をアルコール依存症から救うためには、仕事を……。ハハハハハッ。一種の対人恐怖症みたいなところもあるんだろうけど、僕は芸能界みたいなところから始まったから、芸能界で人と会わないわけにいかないわけだよね。そうすると朝から酒飲んでいた。

赤塚 ところでさ、どれくらい飲んでないの。

野坂 ちょうどふた月です。最長不倒で半年くらいなんだ。偉そうに飲んでないと言っているけどさ、オレ自身、まったく自信はないわけですよ、本当のこと言って。飲みたい、飲みたい、飲みたいとだんだんに思ってくるんじゃないんですよ。突然悪魔に押されたみたいな。そこのへんはなかなかアルコール依存となった人でないとわからないと思うけどね。それで飲み始めたら、今度はすごいよ。もう雪がバンバン降るなかで、酒がいよいよなくなったといったらさ、千里の道も一里みたいなもので、裸足で買いに行くもの。シベリアへ流された囚人はアルコールが欲しくてアストリンゼンを飲んだという話があるんだけど、僕は非常によくわかる。アルコールならなんでもいい。アルコール依存症の言葉で「探酒行動《たんしゅ》」というんだけどね。オレは家では飲んじゃいけないことになっているから、買ってきて隠すわけだね。隠したところを忘れちゃうわけですよ。きっと今でも家のどこかに、いいちことか缶ビールの6本のケースとかさ、ウイスキーとかきっとあるよ、たんすの上とかそういうところに。隠しちゃうわけだ。本当に頭の悪い犬と同じだよ。隠して忘れちゃうんだよ。忘れるものだからまた寒いなか延々とね（笑）。それから朝起きたら、とにかく犬の散歩と称して犬を連れて缶ビール。一番初めに自動販売機を使った時にね、どうせだと思っていちばんでっかい500ccというやつを買ったわけ。ガラガラ、ドッシーンと出てきたわけよね。どうせ1本で足りないと思って、そのまままもういっぺんやったんだよ。2本になった。そうしたら販売機から出せないわけだ（笑）。その時オレは神さまの存在を意識した。

赤塚　アッハッハッハッハッ。

野坂　神はオレに飲ませないようにしているんだと（笑）。

赤塚不二夫×野坂昭如

ビール会社征伐

夢野久作

毎度、酒のお話で申訳無いが、今思出しても腹の皮がピクピクして来る。左党の傑作として記録して置く必要があると思う。

九州福岡の民政系新聞、九州日報社が政友会万能時代で経営難に陥っていた或る夏の最中の話……玄洋社張《ばり》の酒豪や仙骨がズラリと揃っている同社の編輯部員一同、月給がキチンキチンと貰えないので酒が飲めない。皆《みな》、仕事をする元気もなく机の周囲《まわり》に青褪めた豪傑面《づら》を陳列して、アフリアフリと死にかかった川魚みたいな欠伸《あくび》をリレーしいしい涙ぐんでいる光景は、さながらに飢饉年《ききんどし》の村会をそのままである。どうかして存分に美味《うま》い酒を飲む智慧は無いかと云うので出る話は其《そ》の事バッカリ。その中《うち》に窮すれば通ずるとでも云うものか、一等呑助《のみすけ》の警察廻り君が名案を出した。

今でも福岡に支社を持っている××麦酒《ビール》会社は当時、九州でも一流の庭球の大選手を網羅していた。九州の実業庭球界でも××麦酒の向う処一敵なしと云う位で、同支社の横に千円ばかり掛けた堂々たる庭球コートを二つ持っていた。

「あの××麦酒に一つ庭球試合を申込んで遣ろうじゃ無いか」

と云うと、皆総立になって賛成した。

「果して御馳走に麦酒が出るか出ないか」

と遅疑する者も居《い》たが、

「出なくともモトモトじゃ無いか」

と云うので一切の異議を一蹴して、直《す》ぐに電話で相手にチャレンジすると、

「ちょうど選手も揃って居《お》ります。何時《いつ》でも宜しい」

と云う色よい返事である。

「それでは明日《あす》が日曜で夕刊がありませんから午前中にお願いしましょう。午後は仕事がありますから……五組で五回ゲーム。午前九時から……結構です。どうぞよろしく……」

という話が決定《きま》った。麦酒会社でも抜目は無い、新聞社と試合をすれば新聞に記事が出る……広告になると思ったものらしいが、それにしても此方《こっち》の実力がわからないので策戦を立てるのに困ったと云う。

困った筈《はず》である。実は此方でもヒドイ選手難に陥っていた。モトモトテニスらしいものが出

来るのは正直のところ一滴も酒の飲めない筆者の一組だけで、ほかは皆《みんな》、支那の兵隊と一般、テニスなんてロクに見た事も無い連中が吾《われ》も吾もと咽喉《のど》を鳴らして参加するのだから鬼神壮烈に泣くと云おうか何《なん》と云おうか。主将たる筆者が弱り上げ奉ったこと一通りで無い。

「オイ。主将。貴様は一滴も飲めないのだから選手たる資格は無い。俺が大将になって遣るから貴様は退《の》け。負けたら俺が柔道四段の腕前で相手をタタキ附けて遣るから。なあ」

と云う様なギャング張りが出て来たりして主将のアタマがすっかり混乱してしまった。仕方なしに其奴《そいつ》を選手外のマネージャー格に仮装して同行を許すような仕末……それから原稿紙にテニス・コートの図を描《か》いて一同に勝敗の理屈を説明し初めたが、真剣に聞く奴は一人も居ない。

「やってみたら、わかるだろう」

とか何とか云ってドンドン帰ってしまったのには呆れた。意気既に敵を吞んでいるらしかった。

翌《あく》る朝の日曜は青々と晴れたステキな庭球日和であった。方々から借集《かりあつ》めたボロラケットの五六本を束にした奴を筆者が自身に担いで門《もん》を出た時には、お負け無しのところ四条畷《なわて》に向った楠正行《くすのきまさつら》の気持がわかった。それから麦酒会社のコートに来てみると新しくニガリを打って、眩《まば》ゆい白線がクッキリと引き廻わして在る。その周囲を重役以下男女社員が犇々《ひしひし》と取囲んで、敵選手の練習を見て居る処へ乗込んだ時には、何《なに》かなしに全身を冷汗が流れた。早速の機転で、時間が無いからと云って、此方の選手の練習を謝絶した。

策戦として筆者の主将組が劈頭に出た。せめて一組でも倒して置き度《た》い。アワよくば優退を残せるかも知れないと云う、自惚《うぬぼれ》まじりの情《なさけ》ない了簡であったが、見事にアテが外れて、向うも主将の結城、本田というナンバー・ワン組が出て来たのには縮み上った。それだけで手も足も出ないまま三―〇のストレートで敗退した。後《あと》のミットモナサ……。あんなにもビールが飲み度かったのかと思うと眼頭が熱くなるくらいである。

先方は揃いの新しいユニフォームをチャンと着ているのに、此方《こちら》はワイシャツにセイラ・パンツ。古足袋《ふるたび》、汗じみた冬中折《ふゆなかおれ》という街頭のアイスクリーム屋式が一番上等で、靴のままコートに上《あが》って叱られるもの。派出《はで》なメリンスの襦袢《じゅばん》に赤い猿又一つ。西洋手拭の頬冠《ほほかぶ》りというチンドン屋式。中には上半身《かみはんしん》裸体で屑屋みたいな継ぎハギの襤褸《ぼろ》股引を突込《つっこ》んだ向う鉢巻で「サア来い」と躍り出るので、審判に雇われた大学生が腹を抱えて高い腰掛から降りて来るようなこと。むろんラケットの持ち方なんぞ知って居よう筈が無い。サーブからして見送りのストライクばかりで、タマタマ当ったと思うと鉄網《かなあみ》越しのホームラン……それでも本人は勝ったのか敗《ま》けたのか解からないまま、何時までもコートの上でキョロキョロして居る。悠々とゴム毬《まり》を拾ったり何かして居るので相手がコートに匍《は》い付いて笑っているが、それでもまだわからない。

「ナアーンダイ。敗けたのか」

と頬を膨らましてスゴスゴ引退《ひきさが》るトタンに大爆笑と大拍手が敵味方から一時《いちじ》に湧返《わきかえ》るという空前絶後の不可思議な盛況裡《り》に、無事に予定の退却となった。

それから予定の通りにコート外の草原《くさはら》の天幕《テント》張りの中でビールと抓《つま》み肴《ざかな》が出た。小使が二人で五十ガロン入《いり》の樽を抱えて来た時には選手一同、思わず嬉しそうな顔を見合わせた。同時に主将たる筆者は胸がドキドキドキドキとした。インチキが曝露《ばれ》たまま成功したのだから……。

「ええ。樽にすると小さく見えますがね。此《こ》の樽一つ在れば五十人から百人ぐらいの宴会ならイツモ余りますので……どうぞ御遠慮なくお上り下さい」

と云う重役連の挨拶であったが、サテ、コップが配られると、さあ飲むわ飲むわ。筆者の一組を除いた九名の選手と仮装マネージャーが、文字通りに長鯨《ちょうげい》の百川《ひゃくせん》を吸うが如くである。

「ちょっと、コップでは免倒臭いですから、そのジョッキで……」

と云うなり七合入のジョッキで立て続けに息も吐《つ》かせない。

「お見事ですなあ。もう一つ……」

と重役の一人が味方の仮装マネージャーを浴びせ倒しに掛かっていたがナカナカ腰が砕けない模様である。そのうちに樽の中が泡ばかりになりかけて来ると、重役連中《れんじゆう》が一人逃げ二人逃げ。しまいには相手の選手まで居なくなって、カンカン日の照る草原に天幕と空樽《あきだる》と、コップの林と、入れ代り立代り小便をする味方の選手ばかりになってしまった。中にも仮装マネージャーを先頭にラケットを両手に持った三人が、靴穿きのままコートに上って、

「勝った方がええ。勝った方がええ」

とダンスを躍っている。何が勝ったんだかわからない。苦々しい奴だと思っている筆者を皆して引っぱって重役室に挨拶に行った。仕方無しに筆者が頭を下げて、

「どうも今日《きょう》は御馳走様になりまして」

と云って切上げようとすると背後から酔眼朦朧たる仮装マネージャーが前に出て来て、わざとらしい舌なめずりをして見せた。銅羅声《どらごえ》を張上げた。

「ええ。午後の仕事がありませんと、もっとユックリ頂戴し度かったのですが、残念です」

と止刺刀《とどめ》を刺した。

しかし往来に出ると流石《さすが》に一同、帽子を投上げラケットを振り廻わして感激した。

「××麦酒会社万歳……九州日報万歳……」

「ボールは子供の土産《みやげ》に貰《ゆ》って行きまアス」

翌日の新聞に記事が出たかどうか記憶しない。

Ⅲ わたしの酒遍歴

東京・谷中の日本美術院にて、横山大観

ホワイト・オン・ザ・スノー

中上健次

一等最初に飲んだウイスキーがサントリーのホワイト。人に訊かれ、そう答えると、柄にあわないとでも言うのか、ヘーッと驚き、どんな失敗をしでかしたのか、と皆が皆、一様に身を乗り出す。その時は芳紀十八歳。失敗したのではない。私から言えば大人への通過儀礼のようなものであった。その通過儀礼の一部始終を述べるには、まず私のバックグランドを識ってもらわねばならない。なに、ここで文学を始めるわけではないから、芳紀十八歳の少年は、南国の雪なぞ見た事もない土地に生れ育った、とだけ頭に入れていただければよろしい。

紀伊半島の先、新宮というところが、その少年の故郷だが、ここは雪が降らない。一年に一度の火祭りのある二月初め頃、土地は一等冷え込む。一天にわかにかきくもり、あれはどう見ても雪をもたらす雲だ、と胸さわぎ、天をあおぎ見て待ちこがれている。しかし雪は降らない。十年に一度くらい、天をあおぎ見て胸さわぐ少年らを、天の誰かが憐れに思《おぼ》しめして、雲の間からバラバラとやるが、これも名料理人が素材のうまみを引き出す為に指でつまんでふりかけるカクシ味のようなもの。それでも土地の子供らは雪だと騒ぎ立てる。灰色の空から雪はきらきら光りながら、舞い落ちる。ほとんどは中空で消え、たまに広げて待ち受ける掌にまで届いたり、一緒に遊ぶ子の頭や頬にくっつくが、これも夢幻のようにかき消える。

それが忘れもしない、芳紀十八歳、東京へ出て来て二日目に、雪というものに遭遇したのだ。これも故郷の火祭りの後だった。

私は突然、家を出て、東京に来たのだ。というのも故郷新宮での火祭りは、土地の男らにはリオのカーニヴァルに匹敵するくらいの魅力と宗教的な意味がある。白装束に身を固め、荒縄を腹に巻き、タイマツを持って土地の神社に参拝し、神倉山に登り、そこで待つ事、小一時間、神火をもらい、急な石段を駆けおりるという単純至極な祭りであるが、酒が入り、男だけの祭りであり、一年に一度という事も手伝って、爆発的な昂揚がある。抱えているのがゲバ棒同様のタイマツであり、しかもそれに火をつけるのだから、若衆らに喧嘩をするなと言っても無理である。また、若衆らの荒ぶる行為が一年の悪厄を遠ざけるという意味もあるから、火祭りの日は下の町でも、神倉山の神域でも無礼講となっている。祭りは爆発的にクライマックスをむかえ、祭りに参加した登り子らは夜の昏りに慰藉されるように方々に散開する。

祭りの次の日は、きまってかなしい。胸がせつなくなる。あんなに楽しく昂揚していたのに、次の日は、誰も火祭りなぞなかったように、白々としている。町は荒ぶる力の若衆のものではなく大人のものだ。それで、芳紀十八歳の時、ふらっと家を出たのだった。

もちろん、高校を卒業する時期だったから、心づもりはしていた。それぞれの教科の担任に単位をくれるかどうか確めていた。成績は最下等の方だが、単位はある。出席日数も足りる。私は駅前の鞄屋でバカでかいボストンバッグを買い込んだ。あり合わせの服をつめ込んだが、バカでかすぎるので隙間だらけだった。それで、汽車に乗った。東京に着き、高田馬場にあった柔道部の先輩の下宿に転がり込んだのだった。

着いたその日は、何がなんだか分からなかった。先輩に連れられ、電車に乗って繁華街に出かけ、やけに騒々しい音楽を鳴らす喫茶店に入ったが、それがどこなのか、何という音楽か分からなかった。ただ、やたらに寒かったのを記憶している。

次の日、朝からくもっていた。先輩はどこへ何をしに行くとも言明せず、ただ用事がある、と外に出かけ、私は下宿に放って置かれた。昼になっても日が昇らず、寒い下宿にいたたまれず、ごく自然に、私は外に出た。足は当然のように前の日、先輩に連れられて乗った電車の駅に向い、前の日と同じ場所に行こうと電車に乗った。

ここだ、と気づいて電車を降りた駅が新宿。人混みにまぎれながら前の日の道をたどった。しかしどこをどう間違えたのか、いつまで経っても前の日と同じ喫茶店の前に出ない。ビルの角をまがり、すこし歩くと、音が聴こえて来た。前の日と同じ音だ、と気づき、店の前に立ち、店の看板に目を凝らす。英語で、JAZZ VILLAGE。私はちゅうちょなく中に入ったのだった。

鳴っていたのは、まぎれもないフリージャズだった。当時の仲間は後になって、私の事を、スットンキョウな高校生が飛び込んで来た、と思ったと言う。というのも、私は高校の制服を着ていた。つまり、東京は南国生れの少年にはあり合わせのセーターだけでは寒すぎた。これも後になって知ったのだが、当時の「ジャズ・ヴィレッヂ」は不良少年、非行少年のたまり場だった。少年鑑別所を出たばかりの連中や家出して人の部屋を転々としている類が、行き場がないからそこに集まる。「つまんねェな」「なんか面白い事ないかな」と額寄せあって相談し、少年らのやる事は、たとえばチンピラ狩り。東洋一の繁華街と言う歌舞伎町で、威勢のよい地廻りの若衆を見つけ、理由なしに喧嘩を売り、理由なしに殴る。地廻りの方は組織に属すから、ヒット・アンド・ウェイを繰り返し、喧嘩を退屈しのぎにする不良、非行少年らに手を焼く。

芳紀十八歳の私は、そんな連中の中に、高校の制服姿で飛び込んだのだった。すぐ、退屈しのぎの手がのびる。フリージャズのがなり立てる奥の暗がりに陣取っていた常連の一人が、私を呼びに来た。中のボスらしい少年、クスリで酔った口調で、クスリに酔った女の子を抱えたまま、何をしに来たのだ、どこから来たのだ、と、自分が警察や大人にやられたような質問を繰り出す。私の方は南国育ちだから、東京の十八歳ならすくみあがろうものを、何ひとつピンと来ず、紀州弁で、素直に火祭りも終った事だし、東京へ出てこようと思っていたから、東京へ来た、とトボけた事を答えている。

何が連中の気に入ったのか、リキという名の少年が、「面白れえよ。仲間に入れてやるよ」と言い出す。それから二時間ほど、彼らが暇つぶしに、ただのマッチ棒を賭け金にしてやるオイチョカブを見ていた。今から思うに、フリージャズを聴くのに最良の環境に私はいたのである。後々、ニューヨークのヴィレッヂ・ヴァンガードやブルーノートで何度も本物のジャム・セッションを聴いたが、レコードを廻すだけのこのモダンジャズ喫茶「ジャズ・ヴィレッヂ」の本物の、なまの、生きているジャズには及びもつかないのである。

その連中、オイチョカブにあいて、外に遊びに行こうと言い出した。入って来たドアを開けて外に出て、驚愕の声を出した。今まで眼にした事も触った事もない雪が降っていたのだ。雪は大きくぶあつく灰色の雲がちぎれたようなかたまりになって後から後から降り続け、すでに道路も屋根も雪でおおわれているのだ。私の驚きに仲間になったばかりの不良や非行らは驚き、雪が初めてだという私を面白がる。ただ連中、素直でないので、雪合戦しようとか、雪ダルマつくって遊ぼうとは言わない。「雪なんてよォ、氷と一緒だろ。食い物だよ、食い物」その仲間の言葉で何が始ったのか、一人は店の中へ戻り、ボーイが客の注文を取りに行っている隙にカウンターからウォーカーをくすね、リキ、テツ、ソメヤ、モリ、さらにルリコ、ジュンコ合計七、八人いた人数では一杯も廻らないと、二人、酒屋に走った。連中、もちろん、ウイスキーを買う金なぞ持っていない。酒屋に飛び込み、一人がウダウダと店員に言っている隙に、一人がさっと飾り棚からウイスキーをくすねる。ウダウダの役は新入りの、トボけた、雪に興奮した南国生れの私だった。サントリー・ホワイト二本、まるで魔法のようなあざやかさで、寒さでふくらましたジャンパーのふところに入れる。私は雪に興奮し、ホワイトをくすねる手口に興奮し、「おまえ、演技うまいよな」とほめられるほど、ウダウダわけのわからない事を口走っている。

酒屋からくすねたホワイト、カウンターの中からくすねたウイスキーを並べ、店の中からグラスを借りて、不良、非行、不良新入りの私らモダンジャズの喫茶店の前にズラリ並んで、言わばホワイト・オン・ザ・スノーとでも呼ぶしかない雪割りウイスキーを飲む。私は十八歳だった。仲間も似たりよったり。夢のような記憶である。通行人らの冷たい視線をものともせず、雪の寒さにふるえながら、ホワイト・オン・ザ・スノーを飲んでいる私らは、ダンディーではあった、と思う。その日から、モダンジャズ喫茶「ジャズ・ヴィレッヂ」に入りびたる私の青春の日々が始ったのだった。

音痴の酒甕

石牟礼道子

わたしの家は酒甕みたいなものでした。

もの心ついた頃から、来る日も来る日も、酒盛りであったような気がします。

「酒樽の栓をひねる時の音がまた、なんともいえんもんねえ。きゅっとひねれば、とくとくとくちゅうて、匂いがまた、夏は夏で、冬は冬で。職人さんたちもそれを楽しみにくる人もあって、仕事上がりにきゅっとひねって、汁碗で呑んだりしよらした菰《こも》被せた灘の樽の、土間に置いてありよったけん。

家の傾いてからは、酒ばかりじゃ続かずに、焼酎甕になったが、夢かもしれんじゃったよ、あの頃は。それで間《ま》には、呑んでみよかと思うて、夏の盛りの時分に、自分も茶碗にひねり入れて、きゅっきゅ、きゅっきゅ、五つ口ばかりに息もつかず呑んでみたら、ありゃあ樽の底から出て来るけん、よう冷えとって、ぴたあっと咽喉の渇きの止まりよったもん。冷蔵庫のなんの、無か頃じゃったし」

と母が申しました。

請負工事といえば土方の親方みたいなもので、石屋を兼ねていました。今なら何々建設というあの商売なのでしょう。今は大工さんも左官さんも建設会社の社員さんです。あのころは、職人さん、と呼んでいました。そういう職人さんたちを大勢賄っていたので、毎日毎日酒盛りだったのです。大工、舟大工、左官、とび職、石方、鍛冶屋、牛方、馬方、木挽き、出し五郎（原木や石を山から積み出す人）などの専門職がありました。社員さんと職人さんとでは、呼び名が違うように、中身もこのごろでは、呼び名に見合って昔と違うように思います。

そのような、いわば手に職を持っている人たちが集まってくると、酒を躰の中に容れた男たちの匂いが家中に立ちこめます。昭和初年の頃のことです。歌うやら踊るやらが始まるのはいつものことですが、珍しく大工の棟梁さんが立ち上がっていました。握った箸を、神主さんの御幣のように振ると、左のように言いました。

「エー、はらい給え、浄め給え。エー、大雨ん降れえ、大風ん吹けえ、白蟻《どとし》の食ええー。地震《じふる》いの来てくれえ、あとは火事火事」

どうも、芸なしじゃけん、と言って坐ると座が湧きに湧きました。あとで聞くとそれは、家を建てるときの建家《たちえ》の祝いに、神主さんと大工さんとでお祓いをする、「家の魂入《たましいい》れの文言」

だということでした。ほんとうは右のような言葉ではなく、大工さんの建家の魂入れの本当の文言は、棟梁から棟梁へ引きつがれる秘伝だとのことですが、そんなふうにわざと言い替えて座興にしたのです。

芸なしで通った人がやったので、あっけにとられていた座がわあっと湧いたのです。大雨風にどとし、どとしとは白蟻のことです。それに地震よ来い、あとは火事、それを待っております。今日のお祝いに申しのべました、という意味のお祝いの口上です。こともあろうに大工さんの祝い言に、なんというふまじめな言葉かと受け取れば身もフタもありませんが、おなかを抱えてみんな喜びました。上機嫌の年寄りが盃をさしながら、傍の少年石工に言いました。

「お前もな、あの位の神さまになり得れば、津波の来え、山ん崩れろというてよかぞ。世間が神さまというてくるるようになれば」

少年石工は羞かんで盃を受けています。「大工の神さま」のその棟梁は、金に欲目のまるきりない念者で、「金で釣ろうとすれば横向く人間」といわれている人なのでした。この時代の職人は、反道徳とも思われる言葉を芸にして述べても、自分の職人としてやった仕事を、世間さまに計ってもらう、という気概がありました。一座が湧いたのは、それを褒めてもいたのでしょう。念者とは入念な仕事をする人の意です。

石の彫刻の名人がいて、唐獅子の口の中に転がす珠を彫る話を始めました。一個の石から獅子を誕生させ、目鼻口を彫って牙にかかり、最後に口中の珠を、牙を折らぬように仕上げる苦心と技術のことです。酔っている一座が、彫られてゆく獅子の口のような顔になってゆきます。持った酒盃も同じ空間の位置で止まって、少し傾き、たらっと酒がこぼれます。たぶん盃は、獅子の口の中の、まだ出来上がらぬ珠のように、みんなに感ぜられていたのでしょう。

幼いわたしには、職人さんというものは、自分のつくる唐獅子になったり、舟になったり、石垣や城になったり、馬や牛にもなり替われる人たちだと実感されるのでした。

そろそろ父が歌い出しはすまいかと、子供らは座布団をひっ被って、身の置き所もない気持でいました。

まことに当時、録音テープがなかったのはなんと残念なことでしょうか。

いかなる天才作曲家といえども、想像を絶するであろうような、二人と聴いたこともない奇想天外な節の、超音痴でした。かねては瞬間湯沸し器がヘソをひん曲げたような人間が、酔うとじつに嬉しげな表情をして、ストトン節というのを歌いたがりました。神の妙意かと思われるほど、歌う度に、まったく元の節には関係のないストトン節が出来上がるのです。

世界音痴コンクールというものがあれば、冥界から父をよび出して焼酎をすすめ、歌わせたいと思います。その歌の節を誰もおぼえることなどできません。次に歌うときはまったく天衣無縫に、別の歌になってしまうからです。

家族らは身も世もなく恥ずかしく、職人さんらはお腹と畳をかきむしり、泪を浮かべて笑い転げ、あとは大散乱の酒宴になってゆくのでした。

石牟礼道子

酒の楽しみ

金井美恵子

現実の生活の場では、どうなっているのか知らないけれど、いわゆる、キャリア・ウーマンといわれるタイプの女性たちの登場するテレビ・ドラマを見ていると、彼女たちが、女同士で割合良くお酒を飲みに行くというシーンがあり、テレビ・ドラマの場合では、たいてい、心の悩みを持ち、まあ、その悩みを、しみじみ語りあおうとか、打ちあけあおう、といった時に、女同士で酒場なりバーなりへ、しずしずとお出ましになる。

あるいは、女性向け雑誌の特集などで、写真入りの〈私の飲み友達〉などというのがあり、わたしはお酒をたしなむ（それも、相当に）と思われているので（もう、十年以上前、文壇酒豪番付で新入幕して小結だったことがあるが、その後、まるでお呼びでないのは、わたしの書くものが高踏的すぎるせいでもあろうか？・）、しかるべき飲み友達と写真を撮らせてほしい、などという依頼があるたびに、はた、と考え込むことがある。

まず、打ち明けたいことがあってお酒を飲むのではなく、わたしの場合はというと、つい、酔っぱらって口をすべらせてしまうのであり——そう、まだ修業が足りないのだ——言わずもがな、というより、言わないほうがずっと良いことを、ついつい、眼の前にいる人間に、馬鹿だの白痴だの、お前の文章もまだまだだね、だの、言ってしまうのだし、飲み友達というのが、はたして存在するのかどうかも、はなはだ疑問だ。

なぜならば、お酒をたしなまないという人間ならともかくとして、まあ、友達にあうなり、友達がわたしの家に遊びにくるなり、わたしが訪問するなりした場合、当然、そこにお酒が出て来るのが自然なのであって、特別に、飲み友達という、これは普通名詞なのか、とにかく、そういうものは、いないということになる。

お酒が好きだと思うようになったのは、しかし、三十歳をすぎてからで、それまでは、そんなに好きだとは思わなかった。子供の時分、六歳から七、八歳にかけて、身内の者が連続して亡くなり、その時、はじめて冷の日本酒を口にした。身内の者たちが骨に口に含んだ日本酒の霧をふきかける習慣があって、わたしたち子供も、それをやらさせられたのだったが、口に含んだお酒は霧となって唇からもれず——これは、結構むつかしいのである。錠剤を水無しで呑み込むのと同じくらい、むつかしかった——すなわち、咽喉を下るのであった。水のように微かに甘く、冷たく咽喉を、すうっと流れた。

その時、お酒が本当においしいと思ったのは、なぜだったろうか。その後さらに、初七日、三七日《みなぬか》、四十九日と法事が続き、法事にお酒はつきものだから、そのたびに飲んでみたけれど（むろん、盃に一杯ほど）、少しも水のような微かな甘さなどはなく、匂いが鼻にむせて、味はといえば、苦いものであった。

後年、吉田健一の本を読むようになって、おいしいお酒は水のように飲める、という文章に行きあたり、すぐに思い出したのは、火葬場で飲んだ冷の日本酒のことだった。考えてみると、それは十二月のことで、新酒の樽開けでもあったのだろうか。その時、子供心に、これはわたしは酒飲みになりそうだという予感があったけれど、その予感は見事に的中したというべきだろう。

といっても、むろん、その時以来、ずっとお酒を飲みつづけてきたわけではもちろんなく、まあ、本格的に飲みはじめたのは、後になってからのことだ。

それでも、十九歳の時、太宰治賞の次席ということになって受賞式に出席することになった時、まだ未成年なんだから、パーティーの会場で調子に乗って、そんなに飲まないように、そんなにどころか、一滴も飲まないように、と母親は、世界的に母親特有の、自分のしつけに関する見栄で、わたしに忠告したくらいだから（受賞式が終ったら、いくら飲んでもいい、と言うのだ）、その頃には、もう、かなりお酒を飲むようになっていたはずである。咽喉がかわいたら、オレンジジュースか、コーラでも飲んでればいいんだからね。コドモがお酒なんか飲むと、みっともない、と、母親は言ったのだが、みっともない、というのは、母親的発想で、客観的には、コドモがお酒を飲んでいるのはコッケイだと、言い直すべきではないだろうか。

それが証拠に、パーティーの会場で、選考委員だった石川淳氏は、お前はコドモのくせに酒なんか飲んでいいのか、とおっしゃった。

もうかなり以前のことだけれど、N氏が女の酒飲みはみんな酒乱だ、と言ったことがあるが、氏が言いたかったのは、抑圧された酒の飲み方をすると、人類は酒乱に、な、る、ということであろう。その当時は、まだ、キッチン・ドリンカーという、はなはだアメリカの生活文化的症状である、主婦のアルコール中毒が新聞の婦人欄に取りあげられたりしていたわけではなく、梅雨あけの、大きなニュースのない真夏日など、ビヤ・ガーデンが満員になり、女性同士のグループの姿も目立った、などとことさら、女性同士のグループを強調した新聞記事が載った頃だし、ようするに、まだ、女性がアルコールをたしなむということが、何というか、そう、いささか古めかしい言い方をすれば、「戦後強くなったのは、女と靴下」的発想の一環として考えられていた時代ではなかっただろうか。

もっとも、現在でさえ、陳腐な言い方をすれば、女を酔っぱらわせておいて、判断力が低下したところで、口説く——ようするに、女は酒に慣れていない、ということになっている——とか、一人酒場で酒を飲んでいる女は、失恋（それも、かなり手ひどい）して、暮しも荒れてこの頃は思い出酒に酔っているか、あるいは、ミスター・グッド・バーを探している、と思われかねない状況があることはある。行きつけの、一人で飲みに行っても顔見知りの客ばかりのお店ならいいのだけれど、その店にたまたま知らない客ばかりがいたりすると、一人で飲んでいるこちらを、チラチラ盗み見たりして、二、三人なら二、三人の連れで飲みに来ている男たちの会話が、妙にギクシャクしたりするのは、見ていると面白いことは面白いけど（東海林さだおのマンガみたいなことって、ほんとにあるんだよねえ、という気持で）、うっとおしいことも事実だ。

わたしの数少ない女性の知人や友人は、たいてい、お酒を良く飲むほうだけれど、やはり口をそろえて言うのは、女一人じゃ飲みに行きずらい、そのつもりでなくても、男というのは自分がそうだもんだから、自己を判断基準にして、ものほしげ、なんて悪口いうでしょう、と言う。

結局、お酒を飲むのは気のあった友達同士で、かた苦しくない話をしながら、ゆっくり時間をかけて飲むのが一番いいような気がする。それも、女だけ、男だけ、とかたくなにならず、男女同数くらいで、そのうち、一組くらいは、公然とした恋人同士というのではなく、仲間には少し隠しておきたいような秘密があり、決して隣りあわせにすわったりしているわけではないのだが、注意深い観察者には、二人のちょっとした視線の通わせかたで、ああ、これは、ということがピンと来る、と言ったふうなのがいたほうが、酒の席には、はなやぎが生れる。はなやぎのないお酒は、いくら、酒そのものがおいしくても、どこか物足りない。凄くエロティックでなくてもいいが、少し官能的な気分にさせてくれる異性の存在は、お酒に一種の優雅なおもむきを付け加えはしないだろうか。

たとえば、小津安二郎の「秋日和」で、その場にはいない、美しい友人の未亡人、原節子の噂をしながら、北竜二、中村伸郎、佐分利信が、いつもの高橋とよのおかみの料理屋でお酒を飲んでいるシーンなど、そこはかとない、女性的イメージがお酒を、ほんの少し色っぽくして好きだったし、同じ映画の、おすし屋の娘でオフィス・ガール役の岡田茉莉子が、機嫌良く酔っぱらって、佐分利信と自分の家のお店でお酒を飲むところも、大変、可愛らしかった。若いおきゃんな女の子が、機嫌良く気持良さそうに酔っぱらって、ちょっと生意気なことを言ったりしているのは、本当に可愛いらしいものだし、まあ、若い男の子だって、気持良く酔って、ちょっと生意気なことを言ったりするのは可愛いものだけれど、とかく、若い男の子というものは鬱積しているものがあって、いろいろと、むつかしいことを語りたがるのが苦手だ。

若い学生たちが飲みに来るような店に行くと、男女のグループでやって来ている若者たちがいて、近頃では、そういったグループを眺めながら、お酒を飲むのも好きだ。たいてい、ヘンにいっぱしぶってグループのリーダー面をしている良く語る青年が一人いて、そのリーダー面を含めてグループ全体を、あんたたちはコドモねえ、といった軽蔑的態度で見下したふうの、ちょっと大人びた感じの女子学生（「夕暮れ族」だったりして、とわたしたちはささやきあう）がいて、他の女の子たちがリーダーの話に笑ったりする時、ふん、といった調子でそっぽをむいたりするのである。すると、男の子たちのなかで、彼女にあこがれている、といった感じが、もう、みえみえの、ひ弱そうな美少年が、不安半分、嬉しさ半分といった顔つきで、彼女をじっと見つめていたりする。

こういった情景を眺めながら、男友達とお酒を飲むというのは、もう、すでに話題がない関係だから出来ることで、考えてみると、いろいろなことを語りたがる飲み相手より、かえって、もう十年以上のつきあいで、年中顔をあわせているものだから、もうお互いに、男とか女とか意識することもとっくになくなっている友達と、お酒を飲むというのも、割合いにいいものだ。あんたなんか学生の時、あのグループでいうと、どのタイプだった？　おれなんか、どっちかというとグループで飲むより、キャバレー専門だったのね。また、かっこ付けようとする。などと、つまらない無駄話をして、じゃあ、またね、と別れるというのも、色気はまるでないけれど、軽い気ばらしには、うってつけの飲み方だ。

それにひきかえ、一緒に飲むのがいやな人間というのは、男女を問わず、日頃の悩みが溜っているといったタイプの人間で、たまには、まあ、酒のうえで、溜ったグチやらなにやらを聞いてやるのもいいけれど、どうしても陰気な気持になるのが苦手だし、感傷的なお酒というのは、好きではない。

それならまだしも、ノスタルジックになるお酒のほうが良くて、何年か前、姉と一緒に新宿で飲んでいて、急に思いたって、数年前、よく遊びに行っていた、青山方面のスナックとディスコ（その頃は、ゴーゴー・クラブといったものだが）を再訪してみよう、ということになったことがある。ほとんどの店は経営者が変っていて、昔のおもかげはなく、ピーン・ボール・ゲームをしている皮ジャンとブルージンの後姿がエロティックだった、背の高い美少年にすっかり惚れ込んで毎日通っていたゴーゴー・クラブは、すっかり模様がえしてしまっていた。

ノスタルジックになるのも考えもので、思いがけず自分の時代錯誤ぶりを、変化しつづける街並みに発見して、少し、陰気な気分になったりしてしまう。

おおむね、お酒というのはいつ飲んでもいいものだが、一番好きなのは、食堂車でポーク・カツレツを食べながらビールを飲んで旅行する、という飲み方だという気がする。荷物はごく身軽く、カツレツを食べてしまった後では、行くさきざきの地方の名産品のメニューをとり、窓の外の風景を眺めながら、ビールをゆっくり飲む。目的地に着けば、またお酒を飲んで、あとはただ眠り、翌日はふと人恋しくなったりして、ウィスキーを飲みながら、旅館の机で、誰かに手紙を書きはじめるが、五、六行書くと、もう、あとが続かなくて、なんとなく、ものうい、しかし、決して陰気な気分ではなく、少し退屈して、ウィスキーを飲みつづける、というのがいい。

もっとも、たいていの温泉地の旅館は女の一人客というのを敬遠する傾向がある。失恋自殺などという、悪いイメージが女の一人旅には、どうしてもね……と、知りあいの旅館の女主人が言っていたことがある。

なにかと、女一人で行うには、はた目がうるさいということがあり、昼間、そば屋に入って、ああ、ビールが飲みたいなあと思っても、一人だと、つい、なんとなく気がひけて、注文しずらいということは、わたしにだってある。

近頃では、知人や友人のなかでも、お酒を飲んでケンカをするといった人がいなくなり、それは皆が年を取って、体力もなくなり、精神も安定したということなのだろうが、そういった酒のつきあいがなくなったのと同時に、お酒がおいしいと思えるようになったのだから、昔のように、おもしろおかしいことばかりを酒席にもとめる必要も、もう、ないのだろう。

いつだったか、四谷シモンと一緒に昼間お酒を飲んだ時、ぼたん色の夕焼け空の街を歩きながら、ホロ酔いで人生をすごせたらね、とシモンが言ったことがある。

たしかに、ホロ酔いで人生がすごせたら、それは、まったく素晴しいのに違いない。しかし、そうもいかないのであって、やはり、ふつか酔いの時間が人生というものにはあることになるし、酔いからさめて、消え入りたいような気分になることだってある。

しかし、それでも、お酒を飲むことは決してやめられないし、やめようと思ったことも一度もない。イヴリン・ウォーの哀切な小説『ブライヅヘッドふたたび』のなかで、主人公の青年たちが、次のような会話をかわすところがある。「こんなに昼間から酔っぱらっていていいのだろうか?」「もちろん、いいのに決っている」

金井美恵子

eについて

田村隆一

ウィスキーに、ふたとおりのスペルがあるのをご存じですか？　*Whisky, Whiskey,* 中学生のコンサイスにも出ています。

ぼくがウィスキーを飲みだしたのは、ナチス・ドイツに花のパリが制圧された一九四〇年（昭和十五年）の春あたりからで、サントリー・ホワイトが日本で生れてまだ十年くらいしかたっていなかったから、ウィスキーといえばスコッチといったあんばいで、e《イー》のない *Whisky* ということになる。そんなわけで、新宿の裏通りのバーに入っていって、ウィスキーといえばスコッチで、ワン・ショット五十銭（親子丼、天丼が五十銭）だった。ぼくは、新宿の飲み屋に、夜ごと集まってくる年上の大学生たちから、第一次大戦後のヨーロッパの文学と芸術運動を教わると同時に、ウィスキーの味まで教わることになった。だから今でも、ヘイグ、ブラック・アンド・ホワイト、オールド・パー、ジョニー・ウォーカーなどの香りをかぐと、T・S・エリオット、オルダス・ハックスレイ、ジェイムズ・ジョイス、アンドレ・ブルトン、マックス・エルンスト、サルバドール・ダリ、「出発」のキリコなどの固有名詞のひびきが、わが耳によみがえってくるのだ。

敗戦後は、カストリ焼酎、バクダンにはじまって、ドブロク、それにアルコールに香料と色をつけたブラック・マーケット醸造のあやしいウィスキー（もう名前を忘れてしまった）をこわごわ飲み、やがてビール、日本酒と進化して行くのだが、外貨のない日本では、スコッチなどには夢のなかでだってお目にかかれるものではなかった。メチル・アルコールで目がつぶれなかっただけでも、ぼくは神に感謝しなければならない。

日本が高度成長期に突入すると、それに反比例して、わが生活はマイナス成長になり（つまり、詩人というものは時代を先取りする存在なのだ）、良質の国産のウィスキーやスコッチが豊富に出まわるようになっても、その最下級品（むろん国産品）しか飲めなかった。安いジンには孤独な味があって、松やにくさいジンばかり飲んでいた一時期があった。

ぼくがはじめて、eの入っているウィスキー、つまりアイリッシュ方式の *Whiskey* を飲んだのは、一九六七年の冬から、六八年の初夏にかけての北米中西部の田舎町だった。その大学で友人になったアメリカ人の教師が、ぼくにすすめてくれたバーボンは、アーリー・タイムズ。ぼくは、一八六〇年に、ケンタッキー州バーボン郡で誕生したバーボンの味をはじめて知り、毎晩のように、フレーバーと厚味のあるコクの北米産のウィスキーを飲むことになった。ぼくが最近手に入れたウィスキーの輸入品目の美しいカタログによると、わが国に出まわっているバーボンの銘柄はじつに二十五品目もあって、アーリー・タイムズも、そのなつかしい姿を、カラー写真のなかに見せている。

その二十五品目のなかにあって、バーボン郡生れのアーリー・タイムズ君は、アルコール度は四十一パーセントで、ほかのバーボンにくらべて軽口である。どうりでヒゲをはやしたアメリカの学生たちが、アーリー・タイムズをラッパ飲みしながら、大きな樫のあるキャンパスを、裸足で歩きまわっていたと思ったよ。広大なキャンパスのまんなかを、ミシシッピーの一支流である緑のアイオワ河が流れ、ときおり、大きな鯉が、ウロコを太陽にきらめかせて、はねあがるのが、ぼくの目に浮かぶ。おお、アイオワよ、ぼくのアーリー・タイムズよ。

*

世にも親切なひともいるもので、二日酔いの予防と治療方法を、丹念に足で調べてくれた人物がいる。

ニューヨーク・ヘラルド・トリビューン紙のコラムの常連で、ニューヨークのバーを歩きまわり、そのバーテンダーと、居酒屋の常連から取材したというしろもの。むろん、居酒屋めぐりをしたのだから、ガードナー氏は、たぶん、大二日酔いになったことだろう。

おまけに、氏のファースト・ネームがいいじゃないか。「ハイ」。アルコールで、気分が昂揚したとき、つまり、心持よく酩酊したとき、アメリカ人は、「ハイ」と表現するのである。ボクサー（ヘビィウエイト・チャンピオン）ジョー・ルイス氏の二日酔いの対策――最良のガードは、もっと酒を飲むべし。いずれ意識不明になるんだから……。

エディ・デイヴィス氏――五十二番街のサウス・サイドで実行されている「南海即効薬」。その製法は、新鮮な大きなパイナップルにちいさく穴をあけ、果汁（ジュース）をすっかり出す。それからイエロー・ジンをたっぷり注ぎこんで、氷の上に一時間のせておく。そいつをスライスにして三片ほど食べる。

モンテ・カルロという名のバーのバーテンダー曰く、「ブラック・ベリーワインを2、ウォッカを1の割合でミックスし、レモン・ジュース少々」。

その他、飲み助どもの一致した意見では、パーティーのはじまるまえに、一オンス半の純オリーブ油を飲んでおけば、翌朝、二日酔いの心配はまずないということである。

題して、*Bonjour, Hangover!*

さて、ぼくらの愛すべき二日酔いについて、だれか、ご教示いただけないか？　ノマナイコト、なんて、シラケたことをいわないでサ。

先生の偉さ／酒

横山大観

先生の偉さ

岡倉先生（編集部注・岡倉天心）というお方は、本当に偉い人でした。時がたてばたつほどその偉さがわかって来ます。あれで政治界に志せば大政治家になっていたでしょうし、その他何でも往くとして可ならざるはなかったお方でした。いわば異常とも見られる天才児、あのくらいの人は稀れで、要するに大偉丈夫だったのです。

（中略）

先生はまたお酒を大変召し上がられました。大酒家という方でしょう。二升は飲んだ人です。一升ぐらいの酒を飲んで酔うようだったら俺の席には出るなというふうでした。

けれども、なかなか初めから一升の酒は飲めるものではありません。もう二合ぐらいで酔っ払ってしまいます。そんなときには、いつものどに指を突っ込んで吐き出し、先生の前へ行ってまた飲むといった具合でした。これも体がよかったからもったのでしょうが、おかげさまで大変その方は上達したものです。

岡倉先生とお酒ではこんな話があります。

それは岡倉先生が美術学校の校長になられてからのことかと思います。たしか土曜日でした。「明日は諸君と一杯飲むから『松源』に集まってくれ」というお達しでした。われわれは喜んだの喜ばないの、なにしろ校長先生からのご招待でしたから、日曜の朝十時前後というのに「松源」にみんな集まりました。下村観山、菱田春草、それに橋本雅邦先生もおいでになっていたと思います。

「松源」というのは、上野池之端の、今の「丸万」のあるあたりでした。陽は不忍池に反射してピカピカ光っていました。すると、先生は「きょうはひとつ長夜の宴と行こう」と言われ、女中を呼んで雨戸をすっかりしめさせてしまいました。当時はまだ電灯はありませんでした。ガス灯がありましたが、ガスの灯りでは面白くないとあって、ある限りの百目ローソクを持って来させ、柱に取りつけ、煌々《あかあか》とつけさせました。こうしていわゆる長夜の宴なるものがはじまったわけですが、談論風発盛んな宴は夜の十二時近くまでもつづきました。途中で、私は苦しくなってしまいましたから、便所へ立って行って指をのどに入れてもどしていますと、すでにお隣にも先客があって同じことをやっていました。誰かと見ると、それは菱田君でした。ふたたび宴席にもどった二人はまたしても酒というわけ、こうして鍛えられただけに酒には強くなったとはいえ、バカバカしいといえばバカバカしいお話です。

酒

酒と言えば、世間では私のことを大酒飲みと思っている人があるかも知れませんが、それは違います。私はただ酒を愛するだけです。

酒徒という言葉がありましょう。私はただそれだけなのです。

広島県は酒の製造量の上では全国の三位ぐらいだそうですが、いい酒のできるところでありますす。私の最も愛好している「酔心」のつくられる三原市というのは、広島と岡山のほぼ中間ぐらいのところで、頼山陽の祖先の地でもあります。私と「酔心」の主人山根君とはふとしたことで二十五、六年前からご懇意になり今日に至っておるのであります。

話が変わりますが、かつて日露戦争中のころ、菱田春草君と共にアメリカに渡り、展覧会が当って金ができた時は毎晩アメリカのライ・ウイスキーをめいめい一本ずつテーブルに置いて飲みました。いくら酒が強いといっても、一本あけますと相当に酔ったように覚えています。

しかし、いずれにしろ、これは愚かな老翁の昔話であって、前途有望の青年諸兄にすすめる話ではありません。

横山大観

酒のうまさ

岡本太郎

小学生の頃、理科の時間に実験用のアルコールを使いながら、ぷーんとしびれるような甘い匂いがたまらなく嬉しかった。親父が大酒のみの時代にできた子供だから、生来大へんな酒好きに運命づけられていたのだろう。

私が本格的に酒の味をおぼえたのはフランスに行ってからだ。芸術家の家庭で自由に育ったとはいうものの、存外に固い面もあって、中学生時代までは飲むような機会はめったになかった。ところで、十八才の若さで、美女と美酒の都、パリの真中にほうりこまれたのだ。

その頃、一九三〇年代は華やかな、またのどかな時代だった。モンパルナッスでは毎晩のように夜明しで飲み踊る、芸術家たちの、自由で楽しいパーティがひらかれた。若くて、底ぬけに無邪気だった私は、人気者で、そういう場所にしょっちゅう招かれ、飲まされた。また食事のたびに出る葡萄酒にも馴れて、味をおぼえると、やがて欠かすことが出来なくなるし、気がつかないうちに腕前はみるみるあがった。

フランスではビール、葡萄酒は酒ではない。清涼飲料水のうちである。リキュールぐらいにならないと、アルコールとはいわない。

何といっても、愛飲したのは本場のコニャックである。ビスキとかクールヴォアジェ、アルマニァック、レミーマルタン、マルテル、エヌシー等々、日本で知られている一般的な銘柄のほかにも、うまい酒はいくらでもある。そのとりどりの趣きも味わいわけるようになり、好きな順序もきまってくる。夜毎に深い味わいを楽しんだ。

第二次大戦でパリ陥落ということになり、日本に帰ったが、非常時体制とはいうものの、銀座裏などまだまだ賑やかだった。十何年ぶりの祖国見学の意味もあり、遠からず戦争にかり出されることにきまっていた私は、この世の遊びおさめ、という気持も手伝って毎晩のようにのんで歩いた。

あるバーで自慢のコニャックがあるというので、出させてみると、しばらく遠ざかっていたが、なつかしい飲みなれた味、匂い。「クールヴォアジェだね」といったら案の定、ピシャリだった。わが舌衰えずと、つまらぬことで気をよくしたものだが、ハイボールが当時一円五十銭くらいだったのに、小さいグラス一杯七円の勘定にはやや驚いた。

間もなく軍隊にとられた。パリで十何年、たのしい思いをした挙句、三十二才の現役初年兵である。その辛さは言語を絶した。真剣に考えた。一カ月内地に帰してくれるなら、腕一本もぎとってもいい。二カ月ならば両腕。もう一カ月置いといてくれるなら、片方の脚もそれにつける。しかし、もし四カ月だと、ダルマさんになっちゃうからこれはちょっと困るな、なんてまことに嘘みたいに悲しいことを思いつめたぐらい、憂鬱にひしがれていた。

ある日、炊事当番を命ぜられた。朝まだまっ暗な四時半に叩きおこされ、夜の点呼まで、まっ黒になって働かされたのだが、ひる飯のときにそれでも当番の役得というものがあって、炊事班長から支那酒を一、二杯ふるまわれた。そのうまさといったら、天国にのぼるよう。もちろん田舎の下等な地酒だったが、そのときはこれがあるならもう戦地にいるのも我慢しようと、思ったくらいだった。

さて、戦後、復員して帰って来てからのことだが、世はあげてカストリ時代だった。私も新橋あたりのマーケット街で、大いにタシナンだものだ。当時はひどく貧乏だったから、羽ぶりをきかせていた闇屋さんのようにうまい酒をのむという訳にはいかなかった。

あるとき、旧友のフランス人がひょっこりたずねて来た。彼は所用で世界一周の途次だった。「アメリカのウイスキーよりも、この方がはるかにうまい」といって、手土産に持って来てくれたのがサントリーだったのである。まだ角瓶はなく丸瓶だったが、進駐軍関係または特別の外国人にしか配給されていなかった品物である。

一口ふくんだとたん、パッと芳香が散り、舌、咽喉、胃の腑までとろとろっとした。こんなにうまいものがあったかと感激した。なめるように味わった。

だいたいウイスキーというものは、じっくり、味わうという酒ではない。水かソーダで割るか、別にそれを用意して、グッとのむ。爽快な気分のものだが、そのときばかりはチョビリチョビリと、ケチくさく楽しんだ。

だんだんとへって底に近づいてくるのが惜しくて、もの淋しい思いがするくらいうまかった。今から考えるとお恥ずかしい話だ。

近頃はなかなか贅沢になって、コニャックやスコッチを愛用するが、別だん感激してのんでるわけではない。欠乏している時の酒には、実際、想像を絶したうま味があるものだ。前線時代の思い出と考えあわせて痛感する。ああいううまさはどんな醸造法でも、作りだすことは出来ないだろう。ひたすらにこちらの側の条件にかかわっているのだから。

私は酒がやめられない

古川緑波

酒学入門

「徳川さん、それは、あんまりなお言葉です。」

と、僕は、つぶやいた。

それは、徳川夢声の「あなたも酒がやめられる」が、本誌に出た時、いや、それを新聞広告で見た時のことである。

やがて、それを読むに及んで、ますます僕は嘆き、悲しみ、怒った。

これには深いわけのあること、まあ一と通りきいていただきたい。

となると、そもそも、徳川夢声と僕との、つきあいのはじめからお話ししなければ、ならない。

僕が、はじめて夢声を知ったのは、中学生の昔なんだから、古さも古い。

その頃の夢声は、赤坂溜池の葵館の主任弁士だった。

中学生の僕は、葵館の弁士室へ、夢声を訪れて（ついでに映画を無料で見せて貰うのだからリツがいい）、夢声の座談をきくことが、実に、たのしみだった。

学校なんかじゃあ、こんな話は、きけるもんじゃない、夢声の語るところは正に、人生の講義だった。僕は、それで、いくらか人生というものが判りかけたような気がした。

その頃から、夢声は既にして、酒豪であることも有名で、弁士室の講義も、常にアルコホルのにおいがした。

然し、その酒豪も、中学生の僕に、酒を飲めというようなことは言わない、うどん、親子丼などを御馳走になったようである。

それが、数年経って、その間、関東大震災なども挟んで、夢声が、新宿武蔵野館の主任弁士となっていた頃は、僕も、早稲田大学の学生だった。

その頃である。

武蔵野館の弁士室へ遊びに行った僕を、夢声は、誘って、新宿駅前にあった、東京パンというレストランの二階へ連れて行ってくれて、

「ウイスキーを飲みましょう。」

大学生ともなれば、もう酒学の方も教えていいだろうというのだろう。又、僕もその頃は、ちとやり出していたんで。

「ボーイさん、ブラックアンドホワイトを、二杯」

そこでボーイが持って来るウィスキーだが、今どきのような、ちょいと突けば倒れるというような細いグラスではなく、デンと腰の坐った、憎らしい位大きなグラスだ、恐らく現今のウィスキーグラスの倍量は、入ったろう。

その大きな奴に、なみなみと注がれた、アムバーの液体。（註　これが一杯五十銭だった！）

「さ、本格的に、ウィスキーを飲む。いいですか、さあ、コップを持って。」

僕が、コップの一つを持って、口へ持って行こうとする、トタンに、

「ボーイさん、すぐお代りだ。」

と言って、夢声は、ガボリッと、一杯を一気に飲んでしまう。

呆気にとられている僕に、

「さ、早く飲んで。お代りが来ます。」

僕も、あわてて、飲もうとするが、一気には飲めない、グビリチビリとやっていると、

「ウィスキーてものは、そんな風に、チビチビ飲むもんじゃありません。グイと行きなさい、グイッと。よろしい、その意気。ハイ、お代りが来ました。これを――」

と、夢声又もや、ガボッと一気に干す。

「ボーイさん、すぐにお代り。」

僕も一生懸命であった。

第一杯が、まだ咽喉にヒリヒリ、胃袋の入口のあたりが燃えるようなのだ。

「水を、水を飲んでもいいでしょうか。」

と、きくと、

「なるべく飲まん方がいいんだが、ま、初歩は、やむを得んでしょう。飲んでよろしい。」

ホッとして、水を一杯。

もう第二杯が控えている。

「チビチビは、いけません。映画でも、ウィスキーを飲む時は必ず、グイッと一気にやるでしょう。カウボーイなんか、ごらんなさい。」

そうだ、映画で見る西部の酒場では、カウボーイたちが、グイッと一気に飲んで、空になったグラスを、バアテンの方へ、シューッと辷《すべ》らせる。と、すぐそれへ又、バアテンが、注いで、これも又、スーッと、もとのカウボーイの手元へ辷らせるんだ。

あの意気か、よしッというので、僕は、額に冷汗を感じながら、第三杯、四杯――グイッ、グイッとやった。

もうその頃には、無論、精神モウロウ、夢声の顔も、オボロ気に見えるのみ。

こうして私は、酒道入門。

酒師は、徳川夢声である。

その徳川さんが、「あなたも酒がやめられる」なんて言うんだからなあ。

酒魔食魔

武蔵野館の弁士室へ、或る日行ったら、夢声が、片手に、フランスパン、片手に、リンゴを持って、これを交互に、口へ持って行って、ムシャッ、クシャッと食っていた。

僕が入って行くと、

「これが昼めしです。」

「ヘーエ、そんなもの、よく食えますねえ。」

と言ったら、夢声、こわい顔をして、

「何を食ったって同じこってす。胃袋に何か物体が入って行くということに於ては、何だって同じです。」

ひどく、ゴキゲンが悪かった。ふつかよいだったのだろう、又、夢声という人は、飲む一方で、全然食うことには関心がなかった。

徹底的な酒飲みになると、サカナはいらないらしい。エノケンの如きも、蜜柑一つあれば、それをサカナに、一升飲む。そこへ行くと、僕なんか、オカズが無くちゃあ、酒も飲めないので、酒豪という部には入らない。

夢声は、然し、当時、とんでもないものをサカナにして、皆を、びっくりさせた。

「アダリンを買って来い。」

酒席で、もはや大分いけない状態になって来たところの夢声が、そう言った。

ハハア、もうそろそろ眠ろうというんで、アダリン（催眠剤）を買わせて、帰ってから服《の》む気なんだな、と僕は思った。

ところが、アダリンの三十錠入りのビンが届くと、いきなり、これを左手の掌《てのひら》へ、ズイッと三十錠全部、ビンから出しちまった。

白い小さな錠剤が、きれいに一列縦隊に並んでいる図を、僕は今でも思い出せる。

そして夢声は、その手を口へ持って行って、その真白きアダリン錠を、小口から、齧るのである。この場合、相手は薬ではあるが、服むとは言えない、ボリボリと、食ってしまうのである。

「あれッ。」と、僕も、並居る面々も吃驚、と、夢声は右手で、ウィスキーを口へ運び、ガボリ。次には又、アダリンの方を、ボリボリ。それも、何か大声で喋りながら、この行動を何遍か繰り返したのだから、アレ、掌の上の、アダリン三十錠は、何時の間にか無くなった。

ポカンとして、この有様を眺めていた、僕らは、ここに至って、ハッとした。大変だ！アダリン三十錠なんて、致死量ではないか。放っておいたら、夢声は死んじまう！で皆大あわて、吐かせようの、医者を呼ぼうのという大さわぎとなった。

が、結果は、何でもなかった。催眠剤も、夢声にとっては、酒と同様、長年愛用のものなので、段々飲み上げて来ると、ちっとやそっと量を過しても、大丈夫なのである。

もっとも、普通の人にとっては、致死量であろう三十錠は、夢声をして、二三十時間を眠らしめたことは確かである。

その時も、その場に居合わせたかどうか忘れたが、その頃から夢声のマネージャーをしている（そして現在に及んでいるのだから、古い。そして名マネージャーであることを証明している）石田夢人などは、既に、これに馴れているので、こんなことぐらいでは一向おどろかない。

「ナニ、大したこたあないですよ。」

と言って、面白そうに（でもないか）笑っていた。が、こんな風にして、三十時間も寝つづけられては、どうしても、一日分は、休まなきゃあならない。

石田マネージャーは、そんな時、仲間の誰彼のところへ、代り役をたのみに行く。

「へへ、又、おやじノビちゃいましてねえ、目下昏々と睡眠中なんで。すみませんが、代りに――」

その頃は、まだ無声映画だから、夢声も弁士である。代役は、やはり弁士の誰かのところへ廻って行く。同じような場合、而《しか》もラジオ（ＮＨＫ。当時ＪＯＡＫと称す）の代役が、僕のところへ来て、何十分間か、夢声の声帯模写《こわいろ》で、相つとめた経験《こと》もある。これは、夢声自身、あの本に書いている。

さて、それから又数年。

昭和七年、突如として、僕は役者になり、昭和八年、浅草の常盤座で、「笑の王国」という喜劇一座を結成した。

その際、丁度、トーキー渡来のため、弁士という職業が、なくなって暇になっていた夢声に呼びかけ、顧問格で、出演して貰った。

その「笑の王国」での珍談奇談は色々あるが、今日のところは略して、その楽屋の話。

「笑の王国」の楽屋は、狭いところに、夢声・渡辺篤・僕の三人が、鏡台（キタネエ化粧前だったね）を並べていた。

浅草は、昔から昼夜二回又は三回芝居だから、どうしても楽屋で食事を何度か、することになる。僕は今でも食魔であるが、その頃は、食欲も青春で、楽屋での食事も、ビフテキや天ぷらの脂っこいもの、丼シチューなんてものを一度に三人前食ったりした。

同室の渡辺篤が、これが又、大食魔で、その上、強精食の大家と来ている。吉原の朝帰りで、楽屋入りをすると、天丼をとって、これに生卵を二つ、パンパンと割って、ぶっかけて食う。甘酒に、生卵を入れて、かき廻して、飲む。(吉原に於て消費せしものを、これで補給する気持ならん)

この両食魔の仕業を、一隅から、夢声は、苦々しい顔で、見ていた。にらみつけていた、という方が当っている。かかる愚かな食魔たちに逆らう術を、夢声は知らない。

「おい、ウィスキー買っといで。」

前記、石田マネージャーは、そこで、新仲見世の、みや古という小料理屋へ走って、みや古独特の小さなビンに入ってるウィスキー(これが、ジョニーウォーカーの赤で、ウィスキーグラスに軽く二杯分の量で、五十銭也)を何本か買って来る。

鏡台に向って、夢声は、不機嫌。ブドウの一房ぐらいを、サカナに、みや古のウィスキーを飲んでいた。

何しろ、これが毎日のことだ。夢声の眼からは、到底妥協出来ない脂ッこい食いものを、食魔二人が代る代る食うのである。

こりゃあ、とてもたまらん。これは、地獄だ! と思ったのではないだろうか。

間もなく、夢声は、「笑の王国」をやめた。

その原因は、恐らく食魔を逃げたのではあるまいか。その徳川さんがですよ、「あなたも酒がやめられる」なんて仰有るんですからねえ、今や。

戦中哀話

又数年。戦争苛烈という時代のはなし。

戦争が始まると、物の値段が高くなるなんてことを、ちっとも知らなかったから、ウィスキーが、どんどん高くなったのには、一番おどろき、且つ、参った。

英国製のウィスキー、大体に於て、戦争前までは、一本八円五十銭から十円ぐらいだった。それが、倍になり三倍になり、やがて、一本百円の声をきくようになった。

丁度その頃であった。

南方から帰って来た、夢声に「南方だより」という現地報告劇を、やって貰うために、当時のロッパ一座へ特別出演して貰うことになり、東京公演を終って、大阪へ同じ芝居を持って行くことになった。

で、その大阪行の列車の中で、近頃のウィスキーのヤミ値の高くなったことを語っているうちに、夢声は言うのである。

「いよいよ一本百円という相場だそうですなあ。われわれウィスキー党も、百円となったら、考えなくちゃいけませんな。一本百円は、われら軍でもなし、軍需成金でもないんだから、これは身分に過ぎます。で、どうです、これから大阪へ行けば、どうせ又、ヤミウイを買わなくちゃならないだろうが、百円以上のは、やめましょう。ね、君と僕とは、百円以上のは買わん、ということに決定しましょう。」

言われてみれば、実にもっともな話である。よろしい、百円以上のウィスキーは買わないことにしましょうと、約束した。

大阪へ着いて、北野劇場の楽屋へ入った。

一室で、芝居の打合わせをしているところへ、同劇場の支配人S君が、とび込んで（と形容したい程の勢いで）来た。

「徳川さん、ロッパさん、大収獲、大収獲！」

と言いながら、S君は、ジョニーウォーカーを一本、テーブルの上へ置いた。

「御両所のおいでを待ってたんです。珍しいでしょ？　ジョニ赤ですぜ。」

なつかしき、赤ラベル。そして、琥珀色の液体の、何と美しき。

夢声と僕、顔見合わせて、唾液を飲む。

「で、これ、いくらなの？」

思い切って、僕は、きいた。

S君は、「安いですよ。」と言ったから、ハテナ？　と思った。然し、ああ、

「百五十円です。安いでしょ？」

百円までと約束したばかりのところだ、それより又、五十円高い。

「駄目だ、S君、折角だが、断わる。」

涙を飲んで、そう言った。

S君は、ヘーエというような、意外そうな顔をして、今度は、夢声の方を向いた。

夢声も、ムスッと無言である。

S君、仕方なく、ジョニ赤のビンを抱えて、出て行った。

ドアが閉った。トタンに、夢声、

「どうです、古川君。百円以上のウィスキーは買わんという約束をしましたなあ。が、あれを、七十五円ずつ出して買いましょうか。」

賛成！　ドアの外へ躍り出た僕は、叫んだ。

「そのウィスキー待てエ！」

その徳川さんがだぜ、「あなたも酒がやめられる」なんて言うんだからなあ、そりゃきこえませぬ夢声さん、えゝゝゝ。（と泣く）

ビールに操を捧《ささ》げた夏だった

夢枕獏

白状するよ。

わしが、生まれて初めて、ビールをうんめえなあ、と心底思ったのは、まだ未成年の十八歳の時であった。

夏だ。

わしは、友人のショージと一緒に、丹沢に登ったのであった。

小田急線の渋沢《しぶさわ》駅からバスで大倉までゆき、塔《とう》ケ岳《がたけ》、丹沢山《たんざわやま》、蛭《ひる》ケ岳《がたけ》、檜洞丸《ひのきぼらまる》と、丹沢の一番ごっついあたりを縦走して、箒沢《ほうきさわ》へ下るというコースである。

出発は夜であった。

最終バスで大倉までゆき、そこからヘッドランプの灯《あか》りをたよりに塔ケ岳まで登り、そこで小屋に素泊りして、早朝に出発し、その日の夕方には箒沢までたどりついてしまおうという、ハリー・レイスの時間のかかるブレンバスターのような予定であった。

　わしとショージとは、当時ではハイカラなトランジスタラヂオを腰にぶら下げ、夜の山道を登り出したのだった。その頃、「黒猫のタンゴ」という曲が流行《はや》っていて、ひと晩の間に何度も、その曲がかかった。

　本来、わしもショージも、山に行くのにラヂオをかけながら登るというのは、大嫌いな人間であったのだが、その時は、生まれて初めての夜の登山で、あまりに心細く、ついつい、そういう文明を山に持ち込むことになってしまったのである。

「夜の山ってのは、おっかねえべ」

「うん」

「おれ、トランジスタラヂオ、持ってる」

「それ、聴きながら行ったら恐くねえべ」

「そうするべいか」

「そうするべい」

　というほどのことであったのだ。

　ざわざわと樹々《きぎ》は闇《やみ》の中で揺れ、あの山道は本当に恐かったのだった。

　尾根に出た。

黄色い、大きな月が、東の空に出ていた。

予定に二時間ほど遅れて、塔ケ岳の小屋につき、なんとか小屋に潜り込ませてもらったのだが、数人の、もっさりした、汚い大きな山男たちが、ストーブの周りにいつまでも起きていて、何やらおそろしげであった。

とんでもないところにまぎれ込んだと思ったのだが、今考えてみれば、あれが、当時の山男の普通の姿だった。

興奮して、わしは朝まで眠れなかった。

なにしろ、寝袋などというものなぞ持ってはおらず、わしは毛布一枚をザックの中に突っ込んできただけであった。それを板の上に敷いて、丸くなって横になったが眠れないのだった。

ショージは、なかなかいい寝袋を持っていて、すぐにいびきをかいて眠ってしまったのだが、わしは、山男どものぼそぼそいう話し声を耳にしながら、朝まで起きていたのだった。

翌朝が、最悪であった。

寝不足で歩いた。

パンを適当にザックの中に放り込んできたのだが、たちまち腹が減って、それを喰《く》い尽くしてしまった。

腹は減る。寝不足で眼はかすみ、しかも暑い。たちまち、バテていた。気持ちのいい草原を尾根の途中でみつけ、そこにひっくり返って二時間ほど休んだ。しかし、腹は減るばかりである。

なぜか、やたらとアンパンが食べたくなった。

小田原の人間がアンパンと言う時は、決まって守谷のアンパンである。守谷というパン屋のアンパンは、なにしろあんこがめったやたらと多いのだ。パンを持てばずっしりと、鉄のように重い。

そのパンを喰いたかった。

「アンパン……」

「アンパン……」

と、わしとショージとは、ぶつぶつと呻《うめ》きながら、蛭ケ岳を越えた。

次の檜洞丸への登りで、ついにわしはぶっ倒れてしまったのだった。這《は》いずりながら登った。足が前に出ないのだ。靴ひとつ分しか前に出ない。死ぬ思いで檜洞丸を越えて、下る途中で夜になった。

電池の失くなった、かぼそいヘッドランプの灯《あか》りで、ひたすらアンパンの名をつぶやきながら、檜洞丸を、わしは這いずり落ちた。

その晩、泊まったのは、箒沢山荘である。

十年以上も前の洪水で流され、今はその山荘はないのだが、そこで、わしは初めて、アンパンを貪《むさぼ》り喰《く》いながら、ビールのいっきのみをやったのだった。

「ビール、好きじゃないんだよ」

そういうわしに、飲め飲めとショージがすすめてくれて、わしはついに、そのビールをコップに一杯飲んでしまったのだった。

美味《うま》かったよ。

最高だった。

痛いほど冷えたビールが、ごしごしと喉《のど》をこすって、食道から胃へ潜り込んでゆく。ひと口でやめるつもりが、そのまんま飲み干してしまった。

ぷはーっ

うまいよー。

泣きたいほどに美味《うま》い。

その日から、わたくしは、なにを覚えてしまった猿のように、ビールが喉をひっこすってゆくあの快感が忘れられない人間となりはててしまったのでございます。

どっとはらい。

夢枕獏

妻に似ている

川上弘美

ビールのおいしい季節である。

ビールという言葉をきいて思い出すことはさまざまあるが（大方は酒の上の失敗である。とほほ）、こんな思い出は、どうだろうか。

二十代の前半のころだったか。私は都心の大きな公園の芝生に座って缶ビールを飲んでいた。よく晴れた昼下がり。一人で昼間っからビールを飲んでセイシュンの感慨にふけっていたわけである。十代から二十代にかけては、一人でいたい盛りだった。一人で雲を眺め、一人で本を読み、一人でノートに何やら書きつけたものである（今考えるととても恥ずかしい）。

ふと見ると、向こうから初老の男性が歩いてきた。背筋が伸びて堂々とした様子の男性である。「ビール、おいしそうですね」近づいてきて、彼は言った。いい声だ。隣に座っていいですか、と聞きながら、男性は真っ白いハンカチを取り出し芝生に敷く。なんとなく頷いていた。

逆らえない感じが男性にはあった。威圧的というわけではないのだが。しばらく天気の話をした。太平洋高気圧だの温暖前線だのについて、ぽつぽつ話した。「ビール、飲みますか」間がもてなくなり、私は一缶をさしだした。鷹揚な様子で男性は受け取る。並んで、日差しを浴びて、ビールを飲んだ。そのうちにビールがなくなった。「買ってきましょう」と男性が言う。「はあ」とぼんやり答えると、男性はまっすぐにてのひらを差し出した。「え？」「お金、お願いいたします」

よくわからぬうちに、なけなしの二千円差し出していた。男性は端然と立ち上がり、ハンカチをたたみ、ゆっくりと歩いていった。それきり帰ってこないかもしれないと思ったが、男性は二十分ほどたってから現れた。ビールにワンカップの酒。いかのくんせいに柿の種。男性は再びハンカチを取り出し、芝生の上に敷いて座り、背筋を伸ばしたままビールのプルリングをていねいに引っ張りあげた。

ずっと、天気の話をしていたような気がする。少し日が傾いてきて肌寒くなるころに、カップ酒を飲んだ。甘味が、おいしかった。太平洋高気圧と寒冷前線の通過について話し尽くしたころ、男性は「煙草ください」と言いながら立ち上がった。箱から一本取り出して渡すと、「全部、下さい」と言った。なんだかわからないまま、箱ごと渡した。男性は乱れぬさまで頭を下げた。

「いろいろありがとう。あなたはわたしの妻によく似ています」最後に男性は言った。真面目な顔である。座り込んだまま「はあ」と私は答えた。「煙草、もう一箱持ってませんか」続けて男性が聞くので、鞄の中を探してもう一箱を渡した。男性は大きなため息をつきながら煙草を受け取り、ゆっくりと去っていった。

ビールは今も毎日飲むが、芝生で一人飲むことはあれ以来ない。男性の妙な存在感は、やわなセイシュン性にひたっていた私を圧倒し、脱帽させた。一人でいるのが好きだったが、ほんとうは一人でいるのが不安だった。

煙草を、一カートンほど用意して、次の日も芝生に座っていればよかったのに、と今ではときどき思う。今だから、思えるんだろうけど。

Ⅳ 酒は相棒

晩酌を楽しむ山田風太郎

ブルー・リボン・ビールのある光景

村上春樹

「ビールは缶よりは瓶で飲んだ方がずっとうまい」と以前に書いた。でも日本では面倒なのでついつい缶ビールを飲んでいる、と。覚えてますか？　いや、とくに覚えてなくてもいいんだけど（『村上ラヂオ2』参照）。でもそんな僕も、アメリカで暮らしているときはまず瓶ビールしか飲まない。スーパーのビール売り場に行くと、瓶ビールが中心に並べられているし、買っていく人を見ても、缶よりは瓶のケースを選んでいく人の方が多い。「ビールは瓶で飲むものだ」と考える人が多いからでしょうね。持ち運びが多少重くてもあまり気にしないみたいだ。

それから「うちのビールは瓶でしか飲んでほしくない」と、方針として缶ビールを作らないビール会社が外国には少なからずある。僕の好きなビールはなぜか、だいたいその手の会社だ。ローリング・ロック、バス・ペール・エール、サミュエル・アダムズなど。僕はこの三種類のブランドを冷蔵庫に常備して、そのときの気分によって飲み分けている。

もうひとつ僕が愛好するブランドは、これは瓶だけではなく缶でも販売されているけど、ブルー・リボン。とりたてて美味《うま》いというものではないが、さっぱりした淡い味わいで、昼下がりなんかに気楽に飲むのに向いている。マサチューセッツ州ケンブリッジに住んでいるとき、近所にブルー・リボンのドラフトを出すバーがあって、夏の暑い午後にはよくここに飲みに行った。テレビはいつもボストン・レッドソックスの試合中継を映していた。

以前小澤征爾《せいじ》さんがうちに遊びに見えたとき、冷蔵庫からその四種類のビールを取り出して、「どれがいいですか?」と尋ねたら、「おお、ブルー・リボンがあるじゃないか!」とすごく感動してくれた。

小澤さんの話によると、ニューヨークで指揮者レナード・バーンスタインの助手をしていた頃、収入がほとんどなくて貧乏暮らしを余儀なくされていた。ビールもいちばん安いものしか飲めなくて、それがブルー・リボンだったということだ。今はとくにブルー・リボンが特別安いということはないんだけど、まあ格としては「労働者のビール」というところだろう。お洒落《しやれ》な「デザイナーズ・ビール」ではない。マエストロは「ああ、懐《なつ》かしいなあ。貧乏してた頃を思い出すなあ」と感に堪《た》えぬ様子でブルー・リボンをくいくい飲んでおられた。もちろん気に入っていただければ何よりなんだけど。

クリント・イーストウッドの映画『グラン・トリノ』で主人公の、超頑固でタフな元自動車組み立て工のおっさんが、常に国旗を掲げた自宅のポーチで飲むのも、常に缶入りのブルー・リボンだった。手すりに足を載せ、狭い前庭を面白くもなさそうに眺めながら、缶のまま飲み、飲み終えると片手でくしゃっと握りつぶす。そのつぶれた空き缶が足もとに積もっていく。デトロイトのいかにもブルーカラーが居を構えそうな一角の風景に、ブルー・リボン・ビールはよく似合っていた。

一九六〇年代前半のマンハッタンの安アパートで、小澤征爾さんが飲むブルー・リボン・ビールも、きっとよくその風景に似合っていたに違いないと僕は想像するんだけど。

ローリング・ロックは、今では缶ビールも作っているみたいです（2021年）。

村上春樹

薯《いも》焼酎《じょうちゅう》

伊丹十三

私の目の前に、今一本の薩摩《さつま》焼酎の壜《びん》がある。壜のラベルに書いてある文字を読んでみようか。

ええと――登録商標、さつま白波――シラナミ――薩摩酒造株式会社醸、鹿児島県枕崎《まくらざき》市西鹿籠《にしかご》――焼酎乙類、アルコール分二十五度以上、二十六度未満――大蔵大臣承認――本格焼酎――名声四海に轟《とどろ》く、と、こんな工合になっていますねえ。

ちょっと飲んでみよう。

ええ、コップでいいんでしてね、このコップに――こうやって、と――こうやってドクドクドクっと、焼酎を半分くらい注ぎましてね――その上に――よいしょっと――これ、魔法壜、中は熱湯ですよ――これをですね、オットットッと――こうやって熱湯でちょっと割るんですね。ええ、普通七三くらいに割るわけです、ね？　勿論《もちろん》焼酎の方が七ですよ。さて、と、これを飲む。

…………

プフワァーッ

いいですねえ、どうも。

ツルっと飲めてしまうんだから。こりゃどうにも結構なんだな。

これが一升五百円くらいですかね。鹿児島の人はこれしか飲まない。私の友人が鹿児島で教師をしておりますが、商売柄、なんというか、物をよく貰《もら》う。上等の洋酒や、特級の日本酒なんぞをのべつ人が持ってくるらしいんだが、これがみんなそのまま埃《ほこり》をかぶっているという。他県の人でも来ない限り飲み手がないというんですねえ。

ちょっと失礼してもう一杯飲むかな。

…………

ヒヤァーッ、どうにもいい。

これね、この頃はあんまりやらないらしいけど、以前はよく密造したものらしいですね。うちへ来る漢方の先生がやっぱり薩摩でしてね、学生時代には、この密造酒をよく飲んだらしいんだが、その話を聞いてみると実に簡単なものなんですね、焼酎の作り方なんていうものは。

まず、こう、支那《シナ》鍋《なべ》を大きくしたような形のですね、さしわたし一メートル以上もあるような鉄鍋を火にかけて薩摩薯を煮るわけだ、ね？　で、どろどろになったところへ糀《こうじ》をいれて、これを山の中の、藪《やぶ》っていうんですかね、雑木や灌木《かんぼく》の繁《しげ》ったところへ隠しておく。

え？　いや、勿論《もちろん》見つかったら罰金ですからね、そのために隠しておくんですが、この状態の時の鍋の中身なんていうものは、これは見られたものじゃないらしいですな。つまり薯が腐ってどぶろく状になった感じとでもいおうか、ともかく二た目と見られない状態のやつを山の中に放っぽっておく。

そのうち、発酵がうまい工合に進行した頃合いを見計らって、今度はそれを大釜《おおがま》に移して家に持ち帰り、竈《かまど》にかけて火をどんどん燃やす。

すると湯気が出るでしょう？　ね？　この湯気こそが焼酎なんだから、これを逃がしてはならない。大きな桶《おけ》のようなものを逆さにしてお釜にかぶせ、これで湯気を摑《つか》まえる。

ところが、この桶と見えたものが、実は自家製の蒸溜器《じょうりゅうき》でしてね。中に竹パイプがこう、仕組んであるらしい、外から見ると桶の胴体から竹のパイプが一本斜めに突き出してるんですね。つまり、桶の中で摑まえられた湯気は、竹のパイプに当って雫《しずく》となり、やがて竹の樋《とい》に導かれてツーっと降りてくる段取りになっている。こいつを丼《どんぶり》かなんかで受けたやつが、つまり焼酎の原酒ということなんですねえ、実にこれは簡単無比じゃありませんか。

ちょっともう一杯いくかな。

…………

いやあ、どうもこの、お湯で割るなんていうのは並みの学問じゃあないね。生活の知恵というんでしょうかねえ、実にいいんです。もう、スルスルと飲めてしまう。喉《のど》に抵抗がない。しかも淡泊である。長時間飲んでいても鼻についてこないんです。

よく、ほら、日本酒を長時間飲んでいると躰《からだ》全体が中から熟してきたみたいな、やりきれん感じになることがあるじゃありませんか。薩摩焼酎にはああいうことがない。

なにしろ軽いんです。甘ったるくないんです、妙にべとつかないんです。従って酔い心地も軽い。なにかこう、躰がふわりと浮き上がる感じなんです。

そうして――これが薩摩焼酎をして世界一の酒たらしむる所以《ゆえん》なんですが――二日酔いをしないんです。酔いが翌日に残らないんです。これはすごいことじゃありませんか。

薩摩焼酎を飲んだ翌日の目覚めというものは、まあ、たとえていうなら、高校時代の目覚めなんです。われわれくらいの歳《とし》になってまいりますと、全く酒を飲まずに寝ても、朝の目覚めというのは、爽《さわ》やかなものではなくなってしまっている。

なにか頭が重い、目が痛い、胃に不快感がある、手足がだるい、というのが恒《つね》である。

つまり、そこなんですよ、薩摩焼酎のいいところは。飲まないで寝た日よりも、飲んで寝た日のほうが爽やかに起きられるというこの神秘、ですねえ、これを是非味わっていただきたいと思う。

ちょっと、もう一杯いくね。

…………

でも、この、薩摩焼酎だってね、欠点が無いわけじゃないよ。

第一にどこにでも売ってるものじゃないから、手に入れるのが面倒臭い。

次に、焼酎が癖になると他の酒が飲めなくなってしまう傾向がある。そんなこと構わんじゃないかと思うのは思慮が足りないんだな。外で飲む時どうする？　薩摩焼酎を置いてる店などというものは東京にだって数えるほどしかないよ——といって一升壜を下げてバーへ行くわけにもいかぬし——ともかくこれが予想外に困る。

次に、焼酎は食べ物を限定する。日本酒のようになんにでも合うということにはならない。焼酎で白身の魚の刺し身なんていうのは一向に旨《うま》くもなんともないね。一体焼酎にはなにが合うのか？　薩摩揚げが合うんですよ。よくしたもんですねえ、薩摩焼酎に薩摩揚げ、これ以上の組み合わせは考えられぬ。

さて、と、もう一杯やりまして、と——

…………

いやあ、この間は吃驚《びっくり》したなあ、あのね、美人を二人連れて海へ行く、ということになったもんでね、それじゃあっていうんで、焼酎の壜と、魔法壜に熱湯詰めたやつ、それを抱えて車に乗ったわけだ。ね？　後ろに美人二人、前に私と運転手さんが乗って家の前を出発したわけだ。

ああ、もう出発するなり飲み始めましてね、何杯目かを作ろうとしている時、後ろの美人が話しかけてきたんだね。ついそっちに気を取られて手元がお留守になった途端、車が揺れたのかね、魔法壜の熱湯がざぶりと内股《うちまた》にかかった。いやあ、熱いったってなんたって跳び上がるほど熱いんだが、なにしろ車の中だから跳び上がれない。

一声ワッと叫んだきり私は腰を浮かせて躰を反らし、ちょうど座席に丸太でも立てかけたような姿勢のままでぐっと痛みを怺《こら》えましたね。なにしろあなた、左手に熱湯のはいった魔法壜を、蓋《ふた》の開いたまま持っているから急には動けぬ。まず右手で腿《もも》に張りついて湯気を立ててるズボンを皮膚から剝《は》がして多少の凌《しの》ぎをつけ、ついで魔法壜の蓋を探して安全なところに立てかけ、ズボンを——なにしろ美人が乗ってるので脱ぐわけにもいかん、そっと引っ張ったり吹いたりして熱をさます。

やっとその頃になって美人たちも騒ぎ出して「大丈夫？」とか「脱いじゃいなさいよ」なんていってるわけなんだが、これこそ自業自得《じごうじとく》なんでね、仕方ないから涼しい顔して「ああ大丈夫」なんていってるけど、いやあ、ほんとに熱いもんだね火傷《やけど》っていうものは。

まあ幸い危いところで急所は免れたけれども、それから海までの長いこと長いこと。車がスピードを出すと風が当って多少痛みがやわらぐんだけど、そういう時に限ってまた車が延延とつながっちゃって、ちっとも進みやしない。実際、あの、町中を走ってる車の中には、どういう事情でどういう人が乗ってるかわからんもんだよ。焼酎を飲もうとして火傷した男が、脂汗《あぶらあせ》を流して痛みを怺えながら車に乗ってるというケースもあるんだからねえ。

あの時は、流石《さすが》に禁酒しようかと考えたけれども——え？　いや冗談じゃない、しませんよそんなもの。考えただけ、考えただけ。

伊丹十三

サントリー禍

檀一雄

羽田空港。飛行機搭乗《とうじよう》の間際《まぎわ》になってドサドサと七、八本のウイスキーの餞別《せんべつ》を貰《もら》いうけた。有難《ありがた》い。有難いけれども、唯今《ただいま》から世界の居酒屋を飲んでまわるつもりなのである。私の立前《たてまえ》は現地調弁主義だ。うまかろうが、まずかろうが、そこにある、その土地の酒、その土地の喰《た》べ物《もの》をタラ腹飲んだり喰《く》ったりして、無事に日本に帰って来《こ》られたら仕合わせと言うものだろう。

貰ったウイスキーは「ジョニーウォーカー」「ヘイグ・アンド・ヘイグ」「オールド・パー」等々だ。

「折角だが、こいつは日本に無事に帰りついた時に、乾盃《かんぱい》をやらせてもらいますよ」

私は、それらの三角の箱、四角の箱を、みんな弟に手渡して、

「帰る迄《まで》、絶対口を切ってはならんです」

厳重警告を与えておいた。

「でも檀《だん》さん。こっちだけは持っていらっしゃい。飛行機の中でやってゆくのもいいし、それに日本人の誰彼《だれかれ》にいいお土産になりますよ」

そう言って、ムリヤリ抱えこませられたのは「サントリー」の黒瓶《くろびん》二本である。

「だって、税関にひっかかるだろう？」

「大丈夫ですよ。こうやっとけば……」

とその親切な友人は外装のボール箱から黒瓶をひきぬいて、私のオーバーの左右のポケットの中につっ込んでくれた。

そのまま、あわただしく飛行機に乗込んでゆく。

それだけならまだよかった。

もう一本。顔見知りの日航の人が、

「檀さん。檀さん。今かけつけておいでになった松井さんという方が、是非共、さしあげてくれということで……」

またもや黒瓶を私の手の中にほうり込んでいってくれたから、都合三本の「サントリー」を抱えこむ。

日頃《ひごろ》なら、これだけあれば、ウケに入って、朝から晩まで飲みつづけ、原稿なんぞ、なに知ったことか、矢でも鉄砲でも来いの心境になるところだが、今日ばかりはそうも行かない。
先《ま》ずチェッキに預けてある大きなトランクが一個。そのほかに飛行機へ持ちこんだものが、ダレス鞄《かばん》一。（これは原稿紙や日用品が入っている）ほかにナイロンのバッグが一つ。（これは登山用のコッフェル一式で、旅先で貧乏してきたときに、自分流の炊飯をやって、もちこたえるつもり……）また、大型釣竿《つりざお》一本は浅草の「峠」のママから頼まれて、マイアミのママの姉さんのところにとどける約束になっている。

それればかりじゃない。肩から二つの写真機を吊《つ》っている。二つの写真機のほかにも、大型水筒一個負っている。水筒の中味はショッツルだ。

自分は、いかなる国の、いかなる喰べ物でもよろしいが、欧米のあちこちで思いがけない旧友に会うことがあるだろう。その時にはコッフェルを用いて、ショッツル鍋《なべ》の饗応《きようおう》をしてやるつもりなのである。

我ながら、ゆかしい心掛けだ。心掛けはゆかしいけれども、両手には三つの鞄、肩から縦横に写真機、水筒、釣竿をぶらさげて、弁慶の七つ道具よろしく、ホノルルあたりで立往生にならなかったら仕合わせだ。

飛行機がエンジンの音をあげる。

坐席《ざせき》の左端は一万田前蔵相らしい。

離陸である。

「日本さよなら」

私は早速、サントリーの口を開いて、手持の水筒の蓋《ふた》で飲みはじめたが、スチュワデスの麗人が現われて、

「お飲み物は、何になさいますか？」

「な、なにか飲ませるの？」

と私はあわてた。

「はい、シャンペンでも、スコッチウイスキーでも、何でも、御希望のお飲み物をお持ちいたします」

「じゃ、シャンペン」

と呻《うめ》き声《ごえ》をあげて、その運びこまれたシャンペンと、サントリーを交互にガブ飲みするのである。

いくらガブ飲みをやらかしても、

「あの、お替りはいかがでございます」

畜生！　一体これではどういうことになるんだ？　と私は逆上してしまって、午前二時まで飲みつづけた。

が、何しろ一昨夜から、合わせても二時間とは眠っていない。エンジンの伴奏入りで飲んでいるうちに、猛然たる太平洋の睡魔に襲われてコンコンとした眠りに陥《お》ちこんだ。眼《め》がさめて時計をみると八時である。まもなくよく植林された樹木とマッチ箱のような丘や家が見えてきて、もうホノルルだと言っている。

私の時計では十一月二十六日の朝九時四十分の筈《はず》であるが、スチュワデスは午後二時四十分にしろと言っているようだ。それも十一月二十五日の午後二時四十分ということになるらしい。どうだって構わない。

私は弁慶よろしく、縦横十文字に荷物を負って、まだ残っている酔いに足許《あしもと》をふらつかせながら、ホノルル飛行場におりたった。

税関である。オーバーの左右両ポケットだけでは入りきらぬから、私は洋服のポケットにもサントリーの瓶をさしこんで、ブクブクふくれ上った異様な恰好《かっこう》のまま、税関に乗りこんだから、

「そいつは何です?」

「ウイスキーです」

「何本?」

「二本半」

「ウイスキーの持ち込みは一本しか許されていない」

「じゃ、没収してくれませんか?」

「しかし、貴下はそれを愛用しているのだろう?」

これはしめたと思ったから、

「イエース」

と答えると、相手の税関吏は事務所のようなところに入りこんでしまって、それから中々出て来ない。

十分…。二十分…。同乗の客たちは、みんな税関を通過して、あっちの方で、首から口許のあたりまでレイをかけられながら、はしゃいでいる。

ようやく、さっきの税関吏が現われた。

「こっちへいらっしゃい」

と手招きしながら、案内されたのは、その男の事務机の前だ。

「貴下の愛酒を飲みたかったら、四弗《ドル》七十仙《セント》の税金を納入して貰わねばならぬ」

私は何度放棄しようと思ったかわからない。しかし友人達《たち》のまぶしい好意を考えると、やっぱり放棄の決心はつかぬのである。遂《つい》に四弗七十仙を支払って、一枚の証明書を貰いうけ、税関を歩み出してみたら、もうバスも何も出てしまった後だ。

私はレイの代りに弁慶の七つ道具を吊《つ》るし、敗軍の将の面持《おももち》で、よってきたタクシーをつかまえた。

檀一雄

香水を飲む

開高健

少しずつ。規則正しく。根気強く。

いわゆる〝中高年層〟の健康管理としてのスポーツのコツはそのあたりにあるようだ。激痛といえるほどの背痛を抱えこんでからクリニックにかようつもりで水泳教室にかよいはじめ、三か月たつと、背痛のほうは潮のひくようにひいていった。どうにかこうにか机の前にすわれるようになり、右手でペンをとりあげられるようにもなった。同時に健康な中毒ともいえる状態が発生し、週に二回一時間ずつ泳がないことには不快でしようがないということにもなった。

これが月曜日と木曜日、夜の8時からである。ウォーミング・アップとして体操をやるから正確には7時30分からである。モタモタよちよち、息子ぐらいのヤングにまじって泳いだあとで家にもどると9時30分すぎになる。くたくただから万年床へそのままパタリ。ここでビールを一杯やると、と思いたいけれど、ぐっとこらえる。疲労しきっているから横になることに心がせいて、しいてこらえるというほどのことでもない。酒についていうとこの生活習慣ができてからはほとんど口にしなくなった。水泳の前日・その日・その直後と飲まないのだし、それが週に二日あるから、飲んでいいのは翌日だけということになる。すると、そのうち、何となく飲むのが面倒になり、ついつい見送ってしまうのである。それまで毎日、三十年以上、夕方になれば欠かすことなく酒瓶に手を出していたことを思いあわせると、天変といいたいような変化である。おかげでくたびれきっていた諸器官がすっかり蘇生し、たまに東京へ出て飲んでみると、いくらでも底なしに飲めるということがわかった。（……翌日が水泳の日でないことをよくよくたしかめた上で飲むのではあるが）

小説家というものになってからちょうど三十年になるのだが、モンブランの万年筆、紀伊国屋の原稿用紙、原稿の仕上げはいつも〆切ギリギリという習慣は変えようがない。そして水泳のために酒を飲まないという新癖が定着してからも仕事のときだけは従来通りに飲まずにはいられない。これは変えようがないみたいである。この三年間、某誌に毎月、自伝的小説を欠かすことなく連載してきたが、毎月、何日か、欠かすことなく飲みつづけてきた。フィンランディアかスミルノフのウォツカ、50度のを、ストレートで、ちびちびとやらないことには書きようがなかった。くたびれた脳の迷路のどこかにうずくまったきりになっているイメージを追いたて、狩りたて、おびきだすには酒の滴しかないのである。それも度数の高いドライの蒸溜酒でないと役にたたない。昔はウィスキーやブランデーだったが、おそらく飲みすぎたせいと、翌日への持越しを恐れるためとで、近頃はウォツカだけである。糊のきいた、純白の、サテンのシーツのようなこの酒は、二日酔いのダメージが他の芳香族よりはるかに軽いので、貴重である。

若いときも飲みつつ書き、若くなってからも飲みつつ書き、ということをつづけてきたのだが、何を、どれだけ、どう飲むかということがなかなかむつかしい。飲みすぎるとペンが走るかお脳がしびれて寝てしまうかになるし、足らないと原稿用紙はいつまでも白いままで、連想飛躍が起らない。二日酔いには数知れぬ回数で苦しめられたが、いつ頃からか、この荒涼と苦痛からどうかすれば〝力〟がひきだせることがわかり、恐れつつもどこかでひそかに心待ちするようになった。頭痛、胃痛、吐気、キリキリとムカムカのゴミ溜めのような混沌、後悔と嫌悪のこのドブにも何かがあって、やりかた一つではあるとしても、何もない正常時よりは何かを書きにかかるキッカケをつかめることがある。汝ノ敵ヲ愛セヨは情念の弁証法だが、ドリンキングについてもいえることだと、わきまえるようになった。そこでドブから一言半句をつかみとってウダウダもたもたとしているうち、おきまりの迎え酒をちびちびやりだすと、悪臭と吐気のさなかでもつれにもつれた毛糸の玉がほどけはじめるのである。

去年、フィンランドのラハティの湖畔の森に世界のあちらこちらから小説家が集ってきて討論会をやり、日本代表として出席した。淡麗な北欧の夏の陽を浴びつつ論の原稿を読みあげたり、質問したりをやるのだが、ドリンカーの集りなので、奇抜なのや頓狂なのが登場して、たいそう愉快であった。討論会そのものは午後3時頃に終るので、あとはめいめい頭を集めてウォツカを飲みつつ原稿料の安いことや税金の高いことを呪いあうのである。日頃愛飲のフィンランディアは輸出にまわされて同国内では飲むことができず、かわりに〝コスケンコルヴァン〟というちょっと磨きの足りない、度数の低いのが飲まれる。それもアル中防止のため、バーではシングルでしか出してくれない。いくらダブルにしてくれといっても、バーテンは薄笑いして、バカな規則がありまして一回に出すのはシングルときまってるんですワ、という。念のため、シングルなら何度でもおかわりができるのかとたずねると、ニコニコ笑って、ええどうぞ、どうぞ、という。そこでシングルを素速くひっかけてグラスをあけると、つぎのシングルをなみなみと注《つ》いでくれるのである。惜し気なく。何度でも。（……ただし、夜は12時でピタリとストップ）

　小説家の話だからアテになるような、ならないようなと承知しておかねばなるまいが、この国のアル中には〝パフューム・ドリンカー〟というのがいるそうである。酒を切らしていてもたってもいられなくなると、女房の香水をひっかけてその場をしのぐというのである。香水に入っているアルコールは度数がグッと高いから少量でも緊急の渇えはおさえられるかもしれないが、聞いていて身につまされた。白昼に『夜間飛行』をひっかけて、ウム、こいつはトリップできる、などと呟くのであろうか。『シャネル』の5番は『ディオリッシモ』よりグンと書けるゼ、などと言いかわしあっているのであろうか。取材費を惜しむといい仕事にならないというのはどこでもおなじだろうが、それにしても、香水をあおってゲップを洩らしている深夜の鬼という光景は、ちょっと……

開高健

人生がバラ色に見えるとき

石井好子

友人達とたのしげに夕食をしている父のまわりをうろうろしていたら「飲んでみないか？」とビールのコップを渡された。小学校へ入ったばかりの頃だったろうか。急に大人の仲間入りができたよろこびに一口、口にふくんでとび上がった。口中泡だらけになって舌がちりちりしたからだった。

音楽学校の学生になって友人達と山中湖へ遊びに行った。先輩がおいしそうにぐいぐいとビールを飲みほすのにつられて私も飲んでみた。泡だらけのにがい飲みものは意外やさわやかなおいしい飲みものなのだった。それだけではなかった。飲んでしばらくしたらほんわかした気分になり人生がバラ色にみえた。以来私の人生からお酒は切りはなされないものとなった、と言っても過言ではないだろう。喜びにつけ飲んだ。所在なさにつけ飲んだ。悲しみに打ちひしがれながら飲んだ。「あなたってどんなに疲れていても一杯飲むとみちがえるように元気になるのね」パリ時代一緒に住んでいた朝吹登水子にいわれた事がある。

私の誕生日に登水子が贈ってくれたグラス。ロメールのグラスでアルザスの白ワインを飲むためのものときいた。かつてパリで思いもかけずデビューし、スイス、スペイン、ベルギーと歌い歩いた頃、ドイツの劇場にも出演した。千秋楽の夜、出演者達はナイトクラブへ集合して乾杯したが、シャンペンのかわりに白ワインを飲んだ。このデリケートなグラスは食前酒のグラスかと思っていたが、白ワインときいてうなづけるものがあった。私はこのグラスで飲むと何でもおいしく感じるので食前酒もワインもビールも日本酒さえもこれに入れて飲む。飲んでいるとシャルル・トルネの「くるみの実」というシャンソンが胸に浮かぶ。

『くるみが一つ　くるみの中に何があるだろう　何が見える？　くるみがからを閉じてるときは野原や山　そして小川　兵隊や王様や馬　学校の生徒や坊さん　そして太陽の輝き　くるみを割ったなら　もう何も見えない　かじって　たべて　そしてお休み』

このうすい金色をしたグラスに白いワインを入れる。パリの夕暮れがみえる。赤ワインを入れる。キャフェで友達とおしゃべりをしている私がみえる。日本の冷酒、草野心平さんの詩と字が目に浮かぶ。シャンペンを入れればそこはかとなき遠い恋の思いも胸によみがえる。そして飲みほしてしまったら、何もみえない。

夢が終わって、そしてお休み。

石井好子

パタンと死ねたら最高!

高田渡

一九七〇年代から八〇年代にかけて、僕はとにかく毎日毎日よく飲んだ。

若いころには酒の種類を問わずなんでも飲んだが、三十代のときには日本酒を好んで飲んでいた。それこそ水を飲むような感じだった。しかも、ほとんど寝ないでずっと飲み続けるものだから、二日酔いにもならない。なにしろ四六時中酔っているわけである。そんな状態だから、肝臓を壊すのも時間の問題だった。

四十歳を過ぎて肝臓病で入院したとき、うちの奥さんに聞いてみた。

「なんていう病名なんだろうね」

彼女は即座に答えた。

「異常酩酊です」

退院してからは、少しは体のことを気づかって焼酎に切り替えることにした。それでも自宅に置いた一升瓶は二日でなくなった。そのほかに、毎日外に飲みに行っては五合ぐらい飲んで帰ってきていたから、一日一升は飲んでいたことになる。

肝臓を壊す前の話であるが、『新譜ジャーナル』という音楽雑誌に掲載された「フォーク界の酒豪ベスト3」には、なぎら健壱、友川かずきとともに僕の名前も挙げられていた。だけどふたりに比べれば、僕の酒の飲み方はいたって品行方正、静かなものである。「グラスに注がれた酒を最初の一口だけ飲んでしばらくそのままなんだけど、ふと見るといつの間にか半分ぐらいなくなっている。次に気がついたときにはもうすっかり空になっている。そんな調子で延々と飲み続ける」とは仲間の言。

それに対し、あーでもないこーでもないとウダウダ言いながら調子よく飲むのがなぎら健壱。友川かずきは、丼に氷を入れて、ビールなりウィスキーなりをザザッと注ぎ、ガバガバッと飲むタイプだ。いくらなんでもお汁じゃないんだからと思うのだが、本人はそれがいちばんいいらしい。

何年か前になぎら健壱が出した『日本フォーク私的大全』という本には、僕がライブで歌を歌っている最中に酔っ払って寝てしまった、あるいは酒を飲みすぎて二、三曲歌って帰ってしまったというような話が書かれている。

やってないとは言わない。楽屋入りする前から飲んでいて、出番を待つ間にだんだんと気持ちよくなってきて、歌うのがイヤになってしまったりすることもあった。

しかし、そうそう頻繁にあったことではない。だいたい、彼にかかると話が十倍ぐらいに膨らむのが常だ。話の発端がないわけではない。ないことはないのだが、いつの間にか膨らんでしまうのである。

そういえばこんなこともあった。長崎でライブをやって帰ってきたときに、僕を呼んでくれた長崎の人から電話がかかってきた。

「どうもありがとうございました。とてもよかったです」

「いえいえ、わざわざご丁寧にありがとうございます」

「それでね、今、みんなで飲んでいるんですけど、飲みにきませんか」

「新宿じゃないんだから、そう簡単には行けませんよ」

「いやあ、みんな待ってますから、ぜひ来てくださいよ。飛行機代ぐらい持ちますから」

「いや、行けませんよ。無理ですよ」

そんなやりとりをしばらくして電話を切ったあとに、僕の足はいつの間にか羽田空港に向かっていた。飛行機に乗ってしまえば長崎まで一時間ちょっと。向こうに到着してドアをコンコンとノックしたら、その中では僕のライブに関わった人たちが顔をそろえて酒を飲んでいた。僕の顔を見るなり、その場にいた全員の目が点になっていた。

「来たよ」

「……あ、ああ、いらっしゃい……」

そのときは三日間ほど飲み続けてようやく帰ってきた。そういうバカなことをしたのは何度かあった。「ちょっとそこまで煙草を買いに行ってくる」と言って家を出たまま、一週間ほど帰らなかったこともあった。行った先で知り合いにばったり会い、そのままずっと飲んだくれていた。帰ってきたときに、奥さんが言った。

「お父さん、煙草はちゃんと買ってきたの？」

「あっ、今から行ってきます」

信用がなくなるのも無理のない話だ。

いまだ奥さんにはよく言われる。「あなたには〝家〟という意識が欠如している」と。それはおそらく子供のころからの家庭環境がまともではなかったからだと思う。物心ついたときから母親は不在で、父と男兄弟だけの暮らしが長かったうえ、あちこち転々としていたわけだ。家というものに馴染めないのも致し方ないのかもしれない。だから父が亡くなって佐賀の親戚に預けられたときも長続きしなかった。

しかし、かといって家に帰りたくないわけではない。これでも犬並みに帰巣本能はちゃんと持ち合わせているつもりだ。

家にいること自体も好きだし、決して嫌いではない。だけれど、なんとなくお尻がむず痒いようなところがある。おまけに自分の目の前に「時間」というものがドカンとあったりすると、もうどうしていいかわからなくなってしまう。

そういうときは、飲み屋に直行する。典型的な飲み屋逃避症候群である。

そのくせ、ひとりでぽつんといるときに、人一倍寂しさを感じたりすることがある。とてつもなく寂しいなあと思うことがある。それをごまかすために、また酒を飲むのである。いい気なもんである。

奥さんはほんとうによくやってくれていると思う。寝たきり老人の介護のほうがずっと楽かもしれない。彼らは寝たきりで動けないけど、こっちは元気がいいとなまじ徘徊するものだからよけい始末におえない。

ただ、五十歳を過ぎてからは体力的に無理がきかなくなってきた。ツアーがあれば旅に出て、帰ってくればフラッと飲みに行くという生活は相変わらずだが、やはり昔のようにはいかない。

僕は若いころから早起きで、今も朝の五時六時には目が覚めてしまう。奥さんはまだ寝ているから、自分で湯を沸かしてスープをつくり、ロールパンを食べながらビールを飲んだりする。そのうちに奥さんが起きてくると今度はしっかりと朝ご飯を食べて、昼過ぎまでワイドショーを見たりしてぼんやりしている。夕方前ぐらいになると「ちょっと出かけてくるよ」と言って家を出て、本屋やレコード屋をうろうろし、いせやに寄って一杯飲んで、夕方には家に帰る。以前は家で晩ご飯を食べてからまた飲みに出ていたが、最近はさすがにそれがしんどくなってきて、家でおとなしくしていることのほうが多い。

若いころにはほとんど家に寄りつかず、呆れ果てた奥さんからサジを投げられていたが、いまや僕は完全に彼女の手のひらの上にいる。夕方、僕がいないときに電話がかかってきたりすると、彼女はこう答える。「今の時間でしたら、きっと○×にいるはずですよ」と。すっかり操られている。まるで鵜飼の鵜のようなものである。

夕暮れのひととき、今日も僕はいせやで焼酎を飲む。

隣に座った老人ふたり連れは「久しぶりですね」と言いながらビールを酌み交わしている。「レバーだったらいけますよね」と十本オーダーしたものの、四本食べたところで「やっぱり無理ですねぇ」と苦笑い。かと思うと、向こうの中年男は若い連れを相手に昔の自慢話。それを聞くともなしに聞きながら、僕は心のなかで舌打ちする。「あのおやじ、ウソ八百並べやがって」と。

そんな風景のなかで酒を飲むのが好きだ。それはたぶん、まだ子供だった僕が見ていた風景、父親に連れられていった飲み屋で見た風景と寸分違わず変わりがないような気がする。

ただ、最近は雑誌に取り上げられるのかテレビで紹介されるのか、たまにいせやにも場違いな若者がドカドカとやって来ることがある。彼らはウーロンハイを飲みながらガツガツと二十本も三十本も焼き鳥を食べる。そういうのを見るとムカッ腹が立ってくる。

前に「いせやの雰囲気だけは昔と変わっていない」と書いたが、近ごろは「あるいは少しずつ侵食されてきているのかもしれないな」と思うこともある。僕より年配の常連の人たちは、昔のような居心地のよさを感じられなくなっているかもしれない。

電車を一駅だけ乗って通ってくる人たち、毎日いせやに来て飲むことだけを生き甲斐にしている人たち、そんな人たちの居場所がだんだんとなくなってくるのは、なんとなく寂しい気がする。

だが、それも時代なのかなとも思う。それはそれでずっと見続けようと思う。いせやという店のものはや壁板と同化してしまっているような僕たちは、時間に逆らうことなく、相も変わらず酒を飲んでいればいいのである。

夕陽がスーッと落ちていくのを眺めるように、ただ時間に身を任せながらチビチビと酒を飲むというのも悪くはない。

最近になって思うのは、「死ぬまで生きよう」という、当然といえば当然の結論に至った。といって、今さら酒をやめようという気はさらさらない。医者から「慢性膵炎」「慢性肝炎」

と言われて入退院を繰り返しながらも、まだ飲んでいる。飲めるということは、まだいけるということだ。

そして酒がまったく飲めなくなったときにパタンと死ねたら最高だと思う。葬式は遠慮しておく。その代わり、ホルマリン漬けではないが、酒をたっぷり入れた大きなガラスの容器の中に漬けて永久保存扱いにしてもらいたい。もしかしたら蘇るかもしれない。

そのために、せめてガラスの容器代とその中に入れる酒代だけは残しておかなければいけないと思っている。

風色の一夜

山田風太郎×中島らも

まずは酒量比べ

中島 山田さんにお会いできるなら、どこへでも行くからって編集部へ言ったのは、山田さんは長野の山の中に住んでおられるって頭があったんですよ。多摩川を越えたあたりというのも読んでいたはずなんですけど。

山田 蓼科《たてしな》の別荘に夏は二か月くらい毎年行くからね。建ってから三十年以上たつのに、白壁の色なんか変わらんし、空気が乾いていて木が腐らないんじゃないですか。家っていうものは閉め切ったままだと、すぐ駄目になるもんですがね。

中島 こちらの家は何年目ですか？

山田 昭和四十一年の春に練馬の大泉から来たんだから、三十年。

中島 お庭も広いし、いいところですね。

山田　いいかげんに決めたところだから。ぼくは性格もいいかげんなところがあってね、小説にも表れてるんですよ。中島さんはいいかげんじゃすまない人だね。

中島　いや、ぼくこそええかげんですよ、そら（笑）。

山田　そうですか。『今夜、すべてのバーで』を拝見したけども、あれはいいかげんじゃないよ。

中島　ありがとうございます。お目汚しでございます。

山田　ああいうきちんと資料を使う真面目な面があるから、おかしなものも書けるんだろうな。夏目漱石だって、本人は大真面目な人だしね。らもさんの相談室、ほんとにあれだけ笑わせる才能っちゅうのはちょっとないですよ。泣かせることはわりあい楽だけどね。

中島　あれ、ほとんど実話ですから（笑）。三十五歳のとき病院にかつぎこまれて、そのとき、あ、これはもうあかんやろうと思ってたんですよ。それが入院したその日から周りの患者さんていうのが、異常に面白くって。

山田　何が面白いんです？

中島　夜中に隣りのベッドのおじいちゃんが落っこちて血まみれになっちゃったわけですよ。ベッドの角のとこで頭を切って。で、その向かい側にいた九十歳ぐらいの歩けなかったお年寄りが、ぱっと見たら病室中を走り回ってる。びっくりして走り回ったんでしょうけど、こっちもびっくりして、とりあえず日記つけとこうと思った（笑）。
山田　アル中は、いまはどうなんですか？
中島　いまは、ほどほどです。
山田　よくもとに戻ったもんですね。
中島　はい、なんとか（笑）。お医者さんに怒られながら、けっこう、がんがんと飲んでいます（笑）。
山田　いや、ぼくもねえ、旧制中学のころから毎日飲むけどねえ。この暮れに腰を痛めてね、三日ぐらい寝たんですよ。寝床で腹ばって飲むのはあんまりうまくないね。ふだんもそんなにうまいと思って飲んでるわけじゃないけど。
中島　でも、うらやましいですねえ、三日でウイスキー一本のペースをもう五十年以上続けてらっしゃるのは。
山田　あなたの本には、アルコール依存症の自己採点表がありましたな。あれね、最高のとこまでいってないわ、警戒警報ぐらい。
中島　あ、それはたいしたもんですわ。
山田　だからアル中ではないはずだけど、自ら称して「アル中ハイマー」とは言ってるんだ（笑）。

中島　ぼくも飲めばまた一升ずつとか、連続飲酒で朝から晩までになってしまうから、一日三合にしとこうと、そういう状態です。

山田　昔は三日に一本だったが、最近は四日に一本とか、ぼくも減ってきましたね。

中島　そんなとこで頑張られる必要ないですよ（笑）。

山田　もとは何ですか、べつに失恋とかきっかけがあって飲みだしたわけでもないんですか？

中島　原因はとくにないんです。なにせ毎日飲んでましたから（笑）。で、ある日、ある劇団のミステリーの脚本を書くって引き受けてしまって、書き出して気がついたら、ぼくはギャグは書けるんですが、ミステリーは書けないとわかった。

山田　はあ、はあ。

中島　それで、まあ一杯飲んで何かアイディアでも閃《ひらめ》くか、と始めて止まらなくなったのが、きっかけですね。

山田　ああ、そうですか。

中島　かえって、飲むと書けませんね。

山田　うん、お酒飲んでは書けない。酒飲んで酩酊《めいてい》したときに、なんか大思想のごときものが閃くからね、「おおい、紙持ってこい」とか言って書きつけて、あとになって見ると、実にくだらんことを書いてある。結局、男は女が好きであるとか（笑）。

中島　ぼくも酔っぱらって寝て朝起きたら、「冷蔵庫」とだけ書いてあるんです。

山田　なんかそこに至るまでに、壮大なる論理があったんですかね。

中島　あれは悔しかったなあ。

山田風太郎×中島らも

冷蔵庫マイ・ラブ

尾瀬あきら

私の仕事場には、自慢じゃないが自慢したい代物がある。それは業務用冷蔵庫。酒屋さんによく置いてある酒専用のものだ。前面がガラス張りになっていて、下のほうには大手ビールメーカーのロゴがでかでかと書いてある。

業務用としては小さいほうだが、一升瓶なら25本は入るだろう。ガラスを通して酒瓶がズラズラと並んでいるのが見えるのは、仕事場としては、ちょっと恥ずかしいので、ガラスの面に布を貼った。中にさまざまな銘酒が入っていると、ときおり開いては「グフフフ」と、ひとり喜んでいる。瓶が少ないと淋しい。もうほとんどヘンタイの域にきている。

そもそも酒のための冷蔵庫が欲しいなどと思うようになったのは、いつだったろうか。

実は、自宅にも冷蔵庫が2台あるのだ。

「今の冷蔵庫、ちょっと小さめだよね？」

私は妻に、おそるおそる優しい夫を演じてみせた。
妻「そういえばそうね。型も古いし」
私「ウンウン！　じゃあ思い切って大きいのを買ってあげよう！」
妻「じゃあこっちの古いのは粗大ゴミね？」
私「え？　いやちょっと……俺の部屋に……」
努力（？）のかいあって、私は1台目の酒専用冷蔵庫をゲットしたのだった。
冷蔵庫は酒を冷やして飲むためにあるのではなく、いちばんの目的は劣化を防ぐためである。酒は温度変化に弱く、冷蔵庫に入れないときは、家の中でもっとも温度が変わらないところに保管しておくのが望ましい。私も初めは、納戸だのトイレだの、模索したが、それでも、次第に酒がかわいそうに思えてくる。珠玉の吟醸が、毎日温度にいじめられているような気がして、いてもたってもいられなくなってくる。新鮮な魚や肉をそのへんに何日も置いておいて、平気な人はいないだろう。それと似たような感覚である。
しかし、同じようなヘンタイは私だけではない。漫画家S氏は『夏子の酒』を読んで以来、吟醸酒に狂い、冷蔵庫を2台、3台と手に入れ、ラベルをそこに貼り、私と同じようにときどき開けては「グフフフ」とやって、奥さんを呆《あき》れさせているらしい（詳しくは、須賀原洋行著『よしえさん』講談社刊を読もう）。

また、ある若い読者は、日本酒に目覚めて、いや目覚めすぎて、6畳ひと間のアパートの部屋に巨大な業務用冷蔵庫を入れ、春の新酒の季節に1年分の生酒を買い込み、「グフフフ」の日々を送っているという。夏でもその冷気でクーラーはいらないとか。次第にその重量で床がたわんできたとか。こうなったら命がけである。

冷蔵庫マイ・ラブ。

夜になるとモーター音が耳障りな代物だが、私の大事な酒を休まず守り続けてくれる愛すべき奴である。

尾瀬あきら

『4コマ ちびまる子ちゃん』より

さくらももこ

おとうさんは、なんでお酒のむの
えっ
酒をのむとなァなんかこうパ〜〜〜っていい気分になってよォ
パァァ…
こまかい事なんてまァどうでもいいさっ
…って感じになるわけだ。
じゃあいつもと同じじゃん
……

さくらももこ

ぐいっ
グーッ
っか〜〜
うまっ
大人はいいなーそんなにおいしい物が飲めて
いいだろごほうびだ
たいしていいことしてなくてもごほうびもらえていいなー
・・・な

あホイあホイ
あホイホイホイホイ
わはは、もう一回やって〜〜
あホイ
おとうさんが酔っ払って面白かったって日記に書こうっと。
えっ
待て!!少しも酔ってないぞ。
もう手遅れである。

さくらももこ

こういう時だからこそ出来るだけ街で飲み歩かなければ

坪内祐三

二〇一一年三月三日（木）

四時半過ぎバスで渋谷に出、『相撲』の最新号（三月号）と常盤《ときわ》新平さんへのプレゼント（DVD付き鬼平《おにへい》ムック二冊）買ったのち、JRを乗り継いで五時四十分頃、大久保。六時から「くろがね」で常盤さんの傘寿《さんじゅ》と『銀座旅日記』（ちくま文庫）の出版を祝う会。ビールで乾杯したのち私は焼酎のお湯割り。つまみは、おから、ひじき、らっきょ、オデン、いわしの味噌焼き、カキ鍋、そして赤飯という「くろがね」フルコース（やはり「くろがね」の名物であるらーめんはお土産にいただく）。九時半頃、解散。「猫目」を覗くと石丸元章さんがいて、今日見本が出来上ったという、（石丸さんが十年掛かりで訳した）ハンター・S・トンプソンのヘルズエンジェルズについてのノンフィクション（とてもぶ厚い）を見せてもらう。よく我《が》張《ば》ったね、石丸さん。

三月四日（金）

四時から神楽坂下の「翁庵《おきなあん》」（カツそばで有名な店）で西村賢太さんをインタビュー（『SPA!』エッジな人々）。西村さんが外で撮影している間に、新潮社の西村さん担当の人に西村さんの好みの酒を聞くと、普通の（つまり甲種の）焼酎のウーロン割りだという。しかしこの店のボトル焼酎は乙種しかない（ウィスキーで言えばシングルモルトつまり麦焼酎だとか芋焼酎だとかソバ焼酎）。なのにメニューにはレモンハイやウーロンハイがある。お店のオバさんに、このレモンハイやウーロンハイなどに使う焼酎ありますか？　と尋ねたら、この人何を言っているのかしら、という顔される。つまり乙種じゃなくて甲種の焼酎もあるわけですよね、と言葉を続けたら、ますます怪訝《けげん》な顔をされる。じゃあ、このウーロンハイって何で割っているのですかと尋ねたら、オバさん、ソバ焼酎を指差す。う〜ん、ソバ焼酎のウーロン茶割りをウーロンハイと呼べるのだろうか、と悩みながら（初台《はつだい》の居酒屋でレモンサワーを頼んだらいちいちこのレモンサワー割りが出て来て驚いたことあったな——もっと驚いたのはあるソバ屋で飲んでいたら、ちょっとお洒落《しゃれ》なサラリーマンのグループが入って来て、リーダー格の人が焼酎のソバ湯割りを頼んで、お店の人が焼酎は何にいたしましょうかと尋ねたら——その店はソバ焼酎の種類が豊富なのだ——き、っ、ぱ、りと芋と答えて、やっぱりソバ屋で飲む焼酎はソバ湯割りにかぎるねって言ったこと）、一番、差しさわりのない米焼酎のボトル頼む。西村賢太さんは、その作品を読めばわかるように、実は食べ物や飲み物にうるさく、つまり、ごく普通のウーロンハイにもこだわりがあって（たぶん）、この米焼酎のウーロン茶割りを口にした途端、こんなものウーロンハイじゃねえぞ、とブチ切れられたら困るから、撮影終わって店に入って来た西村さんに事情を説明すると、いやいや坪内さん、そんなお気づかいなく、と礼を言われてしまう（ところで西村さんと焼酎と言えば、芥川賞を取った西村さんに新潮社さんがそのお祝いとして高級紅白ワイン二本送ろうとしたら、西村さんはそんなものより宝焼酎を下さいと言い、段ボール四箱分送られてきたという）。六時過ぎ、タクシーで新宿に移動。西村さんをまず「風紋《ふうもん》」に案内するとママの林聖子さん（太宰治の小説「メリイクリスマス」のモデル）もいらっしゃって、田中英光《ひでみつ》の研究家でもある西村さんと感激を共有し合っている。その後、「猫目」に移動したら、明日のトークショーで一緒になる大竹聡《さとし》さんやって来る。さらに「風花」。そして気がつけば午前二時。新潮社のＵＫ君と『エンタクシー』の田中さんと三人で吉野寿司でカンピョウ巻き（ワサビ入り）つまんでいる。

三月五日（土）

六時から池袋西武のコミュニティ・カレッジでリブロ池袋店主催のトークショー（『エンタ

クシー』学校)。今日のお相手は大竹聡さんで、酒についての話題だから、全然お気楽。で、無事八時頃終了。居酒屋「北海道」に行き、昆布焼酎(りしり)と日本茶焼酎(名前は失念)のお湯割り。つまみはもちろんらーめんサラダ、とじゃがバターとジンギスカン。十時半頃「猫目」に移動。トークショーを見に来てくれた佳菜子さんから、先ほどお話しに出たジョニーブルーがあるんですけれど、と言われて、その超超高級スコッチをいただく。太っ腹な佳菜子さんは、よろしければ皆さんでボトル空けちゃって下さい、と言ってくれるけれど、そんなもったいない、一杯で充分です。ところでジョニーウォーカー、ジョニ赤、ジョニ黒、そしてジョニーグリーン、ジョニーブルーとあるわけだが、昔私はジョニーイエロー、さらにはジョニーピンクも見たことあるような気がするのだが(まるでタランティーノの映画『レザボア・ドッグス』のファーストシーンのようだ)、それを言っても誰も信じてくれない(と書いている内にジョニーオレンジも見たような気がする)。

三月八日(火)

三時から日本橋「たいめいけん」で『SPA!』対談。生ビールからウィスキー水割り、さらにレモンサワー。つまみは野菜サラダとボルシチ、紙カツカレー(紙カツというメニューが単品であれば良いのにな)、それからラーメンも一口。五時過ぎ終了、タクシーで銀座、「ロックフィッシュ」でハイボール三杯飲んだあと地下鉄で新宿三丁目。

三月九日（水）

六時、新宿三丁目「池林房」で『本の雑誌』の浜本編集兼発行人インタビュー。ゲストは目《め》黒考二《ぐろこうじ》さん。そして本日も椎名誠さん途中で乱入。ジャスミンハイ、生ライムサワー、生レモンサワー。塩焼きソバがうまい。九時過ぎ、目黒さんと浜本さん、そして〝炎の営業マン〟杉江さんと「猫目」に流れると、イキシンヤ君が一人シブくカウンターで飲んでいる（イキ君今日は何でこんなにシブくきめているのだろう、とカウンターの中を見たら、今日が初日だというバイトの女の子――AKB48のメンバーに似ているけれどそのメンバーの名前が思い出せない――がいる）。杉江さん、そんなシブくきめているイキさんのことを、超カッコイイ、と言う。

三月十一日（金）

本や雑誌が散乱している。皿やコップも割れたようだ。テレビ見ながらいいちこのロック飲み始めている（あてはカブの浅漬けとタラ子と豆腐の煮つけ）。そしていつの間にか三軒茶屋駅方向に歩いている。

三月十二日（土）

朝、私の教え子であるキミちゃんから電話あり、今日椿山荘で行なわれる予定だった結婚式は延期になったとのこと。一時少し過ぎ神保町に出ると、三省堂書店は臨時休業、書泉《しょせん》グランデは一階と地下一階のみ営業。しかし東京堂書店は通常通りで、二時から福田《ふくだ》和也《かずや》さんとトークショー。こんな日なのに五十人以上集まる（体に悪影響を与える雨が降るというチェーンメールと四時から停電で電車がすべて止まってしまうという噂が流れているというのに）。サイン会を含めて四時頃終了。十数人で「ランチョン」に行き（土曜の午後なのにこんなにすいている「ランチョン」を初めて見た）、さらに「魚百《ウオピー》」に流れようとすると、「魚百」、震災のあと片付けで臨時休業（同じ神保町でもその被害の度合いに地域差がある）、「酔《よ》の助《すけ》」に向い、オニオンのオニオン炒め（ってどんなメニューよ）、や鉄板焼きコロッケ（ってこれまたどんなメニューよ）などをつまみながらいいちこ水割り。八時過ぎ、地下鉄に乗って「猫目」に向かう。

三月十六日（水）

十二時、世田谷線三軒茶屋駅改札で、中学（世田谷区立松沢中学校）の同窓生であるT君

（会社社長）とMさん（旧姓はYさん――パリ在住の翻訳家でダンナさんは『ミシュラン』二つ星レストランのオーナーシェフ）と待ち合わせ。おとといT君から電話があり、Mさんがフランスから高校のクラス会出席の為一時帰国しているので三人で昼食を一緒に、という電話がかかってきたのだ。で、お二人を、「味とめ」にお連れし、ランチ（お二人はさば焼き定食で私は生姜《しょうが》焼き定食だけど小鉢がたくさんついてるの）食べながら私はキンミヤボトルをホッピーで飲む（お二人は梅酒）。十二時半頃T君の携帯が鳴り、十二時四十五分頃、先抜け。で、Mさんと私は二時頃までしっぽりと飲む（フランス人は原発問題にナーバスでMさんの旦那さんもさかんに、早く帰って来い早く帰って来い、と連絡してくるという）。

三月十七日（木）

五時少し過ぎ、新宿三丁目に出、ジュンク堂を覗こうとするが既に早仕舞い。それでは、と紀伊國屋書店に向かうが、こちらも早仕舞い。しかも新宿三丁目の地下道、たくさんのサラリーマンたちが早足で移動している。一体、何があったの？　またどんな噂が流れているの？でもそうなると、逆の刺激を受ける私は、新宿三丁目界隈をクルージング、最後はもちろん「猫目」。

三月十九日（土）

五反田古書会館で若者たちと古本買い、フレッシュネスバーガーでお茶したあと、四時半頃、地下鉄で新橋に出、「ロックフィッシュ」を覗くと、けっこう混んでいる。ハイボール二杯（いや四杯）飲んで、五時半過ぎに店を出、地下鉄丸ノ内線で新宿三丁目に出ようか、とコリドー街を歩いていたら、客の呼び込みをしていた某居酒屋（四〜五年前は良く顔を出した）の店長（かつてはプロレスラーの藤田和之に似ていたがずいぶんスリムになった）に声を掛けられ、店内に拉致される。米焼酎の水割り飲みながら、カツオ刺し（おいしかったのでもう一皿頼んでしまった）、レバ刺し、バクダン（五色納豆みたいなやつ）、コロッケ（ここのコロッケ、イキシンヤ君の好物だったな）。七時半頃店を出、丸ノ内線で新宿三丁目。ジャスト八時に「猫目」に着くが、まだ開店していないので（臨時休業？）、「風花」に流れ、九時半頃、再び「猫目」を覗いたら福田（和也）さんたちがいた。

三月二十五日（金）

六時、帝国ホテルで『エンタクシー』の田中さん、さらに廣済堂あかつき出版のOさん、Mさん（元『彷書月刊』）らと打ち合わせし、「よし田《だ》」でソバ焼酎のソバ湯割り飲みながらカキソバ食べたあと新潮社のK青年と新宿三丁目に出、「猫目」を覗くと、新潮社のYさんとK

さんがいる。今日の「猫目」は新潮社デーだねと言ってたら、続いて、我が教え子である（同じく新潮社の）Ｆ君と『考える人』の河野新編集長がやって来る。

三月二十八日（月）

「ロックフィッシュ」でハイボール三杯飲んだあと、八時少し過ぎ「ザボン」。十時過ぎ地下鉄で新宿に出て、ゴールデン街「しん亭」を覗き、これ十一日（その日定例読書会が開かれるはずだった）のおわびね、と言って、ポチ袋を渡す。

坪内祐三

焼酎歌

山尾三省

久しぶりで　彼女と二人で焼酎を飲んだ
焼酎は　いつもの屋久島産の「八重の露」
つまみは　畑からきたナスとシシトウの油いため
それと塩ラッキョウ
人生はこれでよし

六日か七日の月が　すき透るほどに強く輝いて
弥陀の山の端《は》に沈もうとしていた
ぼくは板の間にあぐらをかいて
夜の冷気を全身に受けながら

月が沈むその瞬間を　自分の死ぬ瞬間になぞらえて眺めていた
人生はこれでよし

客人から　種子島産の「南泉」という焼酎をいただいたので
二杯目からはそれを飲んでみることにした
スティーブン・ハルペンのスペクトラム組曲のカセットをかけた
東京へ行って一年半になる　太郎のかたみのラジオカセットで
その静かな組曲をきいた
人生はこれでよし

庭から　梅雨の名残りのクチナシの花が　すっと匂ってきた
そこに眼を向けると
夜目にも白く　クチナシの花が咲いていた
なんという豊穣
なんという孤独
人生はこれでよし

クチナシの花のその向こうには　小さな沢が流れていた
沢は　見ることのできないところで流れていたが
音高く　静かに静かに流れていた
倒れた東京の父は　快方に向かっていた
屋久島　そして種子島
人生はこれでよし

空には星が輝いていた
ひとつの星が　大きく明るく輝いていた
木星かな
たくさんの星はいらなかった
ただひとつの星　ただひとつの星が深かった
人生はこれでよし

久し振りで　彼女と二人で焼酎を飲んだ

焼酎はいつしか「南泉」
彼女の頬もいつしかピンク色
つまみは　畑からきたナスとシシトウの油いため
それと塩ラッキョゥ
人生はこれでよし

山尾三省

Ｖ　酒場の人間模様

「火の車」のカウンターに立つ草野心平

未練

内田百閒

もう一回、麦酒の話がしたい。何年振りかに店をあけたビヤホールが、どこでも繁昌しているそうだが、まだ行って見ないから、中の模様は解らないけれど、いくらでも飲ましてくれるのだろうと思う。

いくらでも飲ましてくれるのは難有《ありがた》いが、勿論《もちろん》ただではない。そうなると麦酒に堪能する代りに、お金の方で困ると云う廻《めぐ》り合わせになる。若い友人が来て話すには、自分の会社から電車の駅へ出る間に、三軒とか四軒とかのビヤホールがあって、どうも無事には通れない。今日は真直ぐに帰ろうと思っていると、一緒に出て来た道連れのだれかが、一寸《ちよつと》寄ろうじゃないかと云い出す。それで結局矢張《やは》り立ち寄る事になってしまう。お蔭でお小遣が追っつかない。お盆のボーナスも麦酒に浮かぶうたかたと消えて、まだ足りないから、社中有志の申し合わせで、日日の麦酒代を拈出《ねんしゆつ》する無尽講を造りましたと云う事であった。

お気の毒の様でもあるが、しかしお金はお金、麦酒は麦酒であって、お金がなければ困るのは世間一般おしなべての事であるから、取り立てて気の毒がる程の話でもない。麦酒が飲みたくても飲めない、或《あるい》は飲み足りないと云う事になると、必ずしもみんなが、成る程それはお気の毒だ、さぞお困りだろうとは考えないだろう。いい気味だと思わない迄も、そんな事に耳を仮さないと云うのが大勢いて、それから別に、麦酒やお酒の話に身を入れる側の連中がある。だからお金の話ほど普遍的ではないが、この頃いくらでも麦酒が飲めるらしい話に引きかえ、飲みたいだけは飲めなかった何年か前の愚痴を繰り返したい。

段段に窮屈になって来た戦争前の急行列車の食堂で麦酒を飲んだら、一本よこしたきりで後はくれなかった。食堂車はその当時以前の何年来、次第にこんで来て、食事時間の前になると、食堂車のボイが客車の座席の間を廻り、予約を取って行く様な事をした。その予約の時間に食堂車へ這入《はい》って、一巡の料理を食べ終る間が四十分である。済んだら追い出して、又次の予約の客を入れる。せき立てられる様だが、大した御馳走があるわけでもないから、それで差し閊《つか》えなかった。私はいつでもその四十分のお皿の間に麦酒を三本飲む習慣だったので、一本しかやらないと云われた時は、食べかけた物が咽喉に引っかかった様で困ったが、食堂車の話では、従前は東京なり神戸なりの始発駅で何百本宛《ずつ》とか積み込んだのが、今はその何分の一がやっとなのだから、我慢してくれと云うのであった。しかし一本でもまだいい方だったので、それから間もなく、汽車の中で麦酒を飲むなどと云う事は、思いも寄らぬ話になってしまった。

已に世間に麦酒はなくなって、尤《もっと》も世間と云っても、焼け出される前の私の家の隣りは軍需大臣の官舎であったが、そう云う所にはいくらでもあった様だけれど、私共には手が届かない。その時分に丸ビル九階の精養軒の酒場では樽麦酒だが、いくらでも飲ませると云うので、私は丸ビルの隣りの郵船会社にいたから、よく飲みに行った。本来なら家で飲む方が勝手なのだが、帰って来ても麦酒はないから、エレヴェーターで引っ張り上げられた上の方で飲んでも難有かった。樽ばかりでなく罐詰のある日もあって、いい目を見たが、しかし長くは続かなかった。いつものつもりで飲んでいると、あすこのテーブルには、もう出過ぎる程出たから、やめて貰えと給仕女が云われているのを聞いたり、直接はっきりことわられたり、人から見ればあれだけ飲んだらもういいだろうと思えるかも知れないが、そんなつもりでなかった所を打ち切られて、すごすご帰って来る事もあった。しかし精養軒の酒場も間もなく店を閉めてしまった。

神田の大通にある老舗の牛肉屋に上がって、若い者の送別をしてやった。お一人様一本宛と云うのを知っていたから、どうせ足りないと思って、いい工合に手に入ったのを何本かズックの鞄に入れてさげて行ったのだが、それでも矢っ張り足りない。女中を呼んで特別にもう一本出してくれと頼んでおいて、手洗いに廊下へ出たら、廊下の曲り角でその女中が年嵩の女中頭の様な女から怒られているところであった。お前さん、そんな事を一一取り次がなくていいんだよ。何だね、あすこのお客は。ほっときなさい。癖になるよ。

内田百閒

カフヱーにて

中原中也

酔客の、さわがしさのなか、
ギタアルのレコード鳴つて、
今晩も、わたしはここで、
ちびちびと、飲み更かします

人々は、挨拶交はし、
杯の、やりとりをして、
秋寄する、この宵をしも、
これはまあ、きらびやかなことです

わたくしは、しよんぼりとして、
自然よりよいものは、さらにもないと、
悟りすましてひえびえと

ギタアルきいて、身も世もあらぬ思ひして
酒啜《すす》ります、その酒に、秋風沁みて
それはもう結構なさびしさでございました

三鞭酒《シャンペン》

宮本百合子

土曜・日曜でないので、食堂は寧ろがらあきであった。我々のところから斜彼方に、一組英国人の家族が静に食事している。あと二三組隅々に散らばって見えるぎりだ。涼しい夏の夜を白服の給仕が、食器棚《サイドボード》の鏡にメロンが映っている前に、閑散そうに佇んでいる。

「——寂しいわね、ホテルも、これでは」

「——第一、これが」

友達は、自分の前にある皿を眼で示した。

「ちっとも美味しくありゃしない。——滑稽だな、遥々第一公式で出かけて来て、こんなものを食べさせられるんじゃあ」

「食い辛棒落胆の光景かね」

「いやなひと！」

三人は、がらんとした広間の空気に遠慮して低く笑った。

「寂しくって、大きな声で笑いも出来ない。いやんなっちゃうな」

「まあそう云わずにいらっしゃい、今に何とかなるだろうから」

時刻が移るにつれ、人の数は殖えた。が、その晩はどういうものか、ひどくつまらない外国の商人風な男女ばかりであった。

「せめて、視覚でも満足させたいな。これはまあ、どうしたことだ」

「――お互よ、向うでも我々を見てそう云っているに違いないわ」

陽気になりたい気持がたっぷりなのに、周囲がそれに適せず、妙にこじれそうにさえなった時であった。我々はふと、一人の老人の後について、一対の男女が開け放した入口から食堂に入って来るのを認めた。三人連れかと思ったがそうでもないらしい。老人は、彼等のところからは見えない反対の窓際に一人去った。二人は一寸食堂の中央に立ち澱んで四辺を見廻した後、丁度彼等の真隣りに席をとった。二人とも中年のアメリカ人、やはり商人だということは一目で判ったが、同時に彼等は何となく人の注意――好奇心を牽くところを持っていた。男の方はざらにある、ずんぐりで、年より早く禿が艶と面積とを増したという見かけだ。女は――これも好奇心を呼び起す或る原因だったと云えるが――割に、夜化粧することの好きな外国婦人としては粗末な服装であった。男の小指にはダイアモンドが光っているのに、連の女性は、水色格子木綿の単純な服で、飾花だけぱっと華やかな帽子をつけている。白粉が生毛にとまっているのも見える。まあ金がないというだけの理由でかまわない装をやむなくしている女に思える。連の男が、とびぬけて気品あるのでもないから、彼が、あんなに大切そうに、大仰に、腰をかがめんばかりにして対手を席につけてやらなかったら、我々は、横浜辺の商人夫婦として、簡単に観察を打ち切ってしまっただろう。結婚生活者としては、余り仰山な何かがある。

「——何だろう」

「——そう、夫婦じゃあないわ」

「——そろそろ愉快になって来るかな」

古典的な礼儀からいえば、これは紳士淑女のすべき会話ではない。然し、寛大な読者諸君は、何故都会人がホテルの食堂へわざわざ出かけて、鑵詰のアスパラガスを食べて来たい心持になるか、ただ食べたいばかりではない。同時に食欲以上旺盛な観察欲というものに支配されているのだということを御承知である。

計らずその欲求を刺戟するものに出会ったので、我々は尠からず活気づいた。見るともなく見ていると、彼等は輝く禿と派手な帽子の頂とをつき合わせて睦じく献立を選んだ。一礼して去った給仕は、やがて、しゃれた脚立氷容器に三鞭酒《シャンペン》の壜を冷し込んで運んで来た。私は、それを見ると、感じの鋭い小説家ででもありそうに自信をもって、二人の仲間に云った。

「私にはもうちゃんとわかってよ」

「早いな、云って御覧」

「なんなの」

——私は、サラドを口に運びながら、もがもがと呟いた。

「恋人たち」

思わず、嬉しげな好意ある微笑が皆の顔に燦きわたった。ああ、人生はまだまだよいところだ。あのような禿でも、あのように恋愛が出来る！

「何故断言出来るの」

「だって……氷の中のは三鞭酒よ。——十人の中九人まで、若しかすれば十人が十人、細君と夕飯を食べるからって三鞭酒を気張りゃあしないことよ」

水色格子服の女性は、若い女のように小指をぴんと伸して三鞭酒盞《シャンペン・グラス》を摘みあげた。男も。

乾杯《プロウジット》。

三鞭酒は、気分に於て、我々の卓子《テーブル》にまで配られた。少し晴々し、頻りに談笑するうちに、私は謂わば活動写真的な一場面を見とめた。事実黄金色の軽快なアルコオルが体内に流れ込んだのだから、隣の食卓の一組は食堂に来た時より一層若やぎ恍惚《うっとり》として来たらしい。男は今、つれの婦人のむきだしの腕を絶えず優しく撫でさすりながら、低声に顔をさしよせて何か云っている。婦人は、平静に母親らしい落付きを保とうと努めながら、愛撫や囁きやアルコオルのため兎角ぐらつきそうになる。映画では大抵若い役者の役割であるラヴ・シーンが、このように禿げた男、このように皮膚が赧らみ強ばった女によって現実になされるのを目撃するのは、何か、一嗅ぎの嗅ぎ煙草でも欲しい心持を起させるものだ。私は氷菓《アイスクリーム》を一片舌にのせた。その途端、澄み渡った七月の夜を貫いて、私は何を聞いたろう！　私は、極めて明瞭に男の声を鼓膜から頭脳へききとった。

「アイ、ラヴ、ユー」

——困ったことに、私の腹の底から云いようない微笑が後から後から口元めがけてこみあげて来た。

「何？　どうしたの」

「何でもないの」

云うあとから、更に微笑まれる。私は、字幕《タイトル》でなく、人間の声で「アイ、ラヴ、ユー」というのをきいたのは、生れてそれが始めてであった。そして、そんなにも、何だか傍の耳へは間抜けな愛嬌に充ちて響くものだということをおどろいた。

私は、程なくひどく可笑しい、然し、蚊の止った位馬鹿らしいような悲しさも混った心持で食堂を出た。

宮本百合子

宮本百合子

星新一のサービス酒

筒井康隆

星さんといっしょに、昼間食事をすることがよくある。

ぼくはたいてい水割りを注文する。そして星さんにも「飲みませんか」とすすめてみる。だが、星さんは飲まない。

「いやあ、今から飲み出すと、とめどがなくなって、えんえんと飲み続けてしまうから」

飲みはじめたかぎりは、寝るまで飲み続けなければおさまらぬ体質らしい。むろん、生酔《なまよ》いの状態でペンは持ちたくないというストイシズムもあるだろうが。

そのかわり、パーティのあとなどは最後までつきあわされる。飲んでは食い、食っては飲み、夜が明けることもある。しかも酔っぱらった星新一を、ぼくは見たことがない。あの体格なのだから当然かもしれない。なのに今年の「文壇酒徒番付」からは彼の名が落ちている。あれはおかしい。

酒席で彼が発するジョークの奇抜さは定評がある。しかも機関銃式の連発である。みんな、腹をかかえて笑いころげる。思い出す限り、書いてみよう。

「涙かくして尻かくさず」

「命短しタスキにながし」

「われ、人類を愛し、平和を愛す。だけど胃はなんともない」

「ツァラトゥスートラタッタ、スラスラスイスイスイ」

(ツァラツストラ・ブームの時)

「ゾンド5号(ソ連月衛星)が九州大学へ落ちたら面白いぞ」(回収さわぎの時)

「神は幾万ありとても……」(出雲大社から帰ってきて)

「トンネルを作るのは大変だろうな。まず、トンネルの形に穴を掘り、その上へ土を山の形に盛りあげ……」

とても書ききれない。

前に、酔っぱらった彼を見たことがないと書いたが、ぼくは一度だけ、彼が悪酔いしたところを見ている。

小松左京氏が東京へ出てきたので、われわれはみんなホテル・ニューオータニの彼の部屋に集まった。

ここで、テーヴィ・ジーヴィをやった。星新一の独演である。

テレビの音の方だけ消し、画面の人物の口の動きにあわせて、別のせりふを喋《しゃべ》るわけである。この時の面白さを描写しようとしても形容のしかたがない。星さんのせりふの奇抜さ、滅茶苦茶さ加減に、われわれ全員笑い続けてなかば発狂状態、みんな床やベッドにぶっ倒れ、しまいには笑う声も出ず、ひいひいいいながら手足をひくひく痙攣《けいれん》させるばかり、小松さんなどはとうとうバス・ルームへとびこんで、食べたものを全部反吐《もど》してしまった。

ハンフリイ・ボガードの海洋スペクタクル映画で、船長が出てきて「しまった。この船はタイタニック号だ」などと叫ぶ面白さ、まず現場にいた時の半分も通じるまい。

ついに隣室から「やかましすぎる」と苦情が出てホテルを追い出され、われわれは豊田有恒氏の家へ場所を移した。

ここでもまた星氏は、われわれのアンコールに応えてさらに一時間もテーヴィ・ジーヴィをやったのである。

そしてとうとう、彼は悪酔いしてしまった。全部反吐《もど》してしまったのだ。気の毒なことをした。

彼のサービス精神は、われわれが笑えば笑うほど、酔えば酔うほどに高揚するのである。典型的なサービス酒ではないか、と、ぼくは思う。

筒井康隆

筒井康隆

とりあえずビールでいいのか

赤瀬川原平

とりあえず、といえばビールである。

とくに夕方はそうである。

夕方、ちょっとした小料理屋などに入って、とりあえず、といえばそれは必ずビールなのだ。

昼間でも、とりあえず、といえばビールのことがある。

必ずとはいえないにしても、お昼の時間にちょっとした小料理屋に入り、とりあえず、ということもある。

ただ昼間はちょっとした小料理屋というより、そば屋などが多い。

しかしそば屋も危ない。そば屋というのはそもそもとりあえず的であり、お昼ではない三時とか四時ごろ、ちょっと、とりあえず、とのれんをくぐってそばをちょこっと食べたりする。

堂々とした、押しも押されぬ昼食とか夕食というのではない。その中間の、隙間家具的なところで、とりあえず、盛りそば、となったりする。

それがストレートにそうなればいい。つまりそば屋に入って、とりあえず、そば、となれば
いいのだけど、そば屋にはそもそも、とりあえずの空気が充満しているのだから、昼間でも、
そばの前に、ちょっと、とりあえず、ということになる。

もちろんビールである。とりあえずそば、の前の、とりあえずビールである。

でもそうはいかないこともある。何人かでお昼のそば屋に入って、テーブルを囲み、さて、
とメニューなど見ているうちに、その表情がだんだんとりあえずの気持でゆるんできて、目が
ちょっと輝いたりして、みんな目と目が合って、

「ちょっと……どうしますか……」

と言ったりする。主語がない。ないのに相手は、

「いいですねえ……」

と答えたりしている。

「ねえ」

「いや、やぶさかではないですよ……」

という具合に、なおも主語を避けながら、

「じゃあ、とりあえず……」

という具合に、いよいよ主語の登場する場面が整う。

というとき、一人だけ浮かぬ顔の人がいたりすることがある。その一人というのが編集者で、それもとくに固い出版社の、固い編集部の場合。いや編集部というのはだいたい軟らかいところが多いもので、だから例を変えて、相手が行政の、広報とか企画調整課とか、要するにお役所の人だったりする場合は、当然ながらそれはだめだから、

「いえ、昼は勤務中ですから……、でもどうぞ、召し上がって下さい……」

ということになり、主語がないのに通じてしまって、

「じゃあ……」

「まあ……」

「とりあえず……」

「ビール」

「二本ぐらい……」

という、主語が登場しての注文となるのである。

この例でもわかるように、この物品の場合、主語を避けるという傾向がある。慎重に主語を避けながら、いや別に慎重というわけではないが、何となく主語を避けながら、会話者どうし、ぐるーりとその周りを回りながら、少しずつその主語を浮き彫りにしていきながら、その場の

暗黙の根回しがすんだ感じのところで、
「とりあえず……」
となる。まずは、とりあえず、である。その「とりあえず」が出たときには、それはもうビールなのである。

お札の世界で、火事などの事故で千円札などが破損した場合、その残りが三分の二あればちゃんとした一枚のお札と交換してくれる、という取り決めがある。

つまりお札というのはぎりぎり三分の二あればいいという理屈である。となると、あらかじめ三分の一を切り落としておいてもいいという理屈にもなり得る。そうするとお札のコンパクト化が出来る。つまりお札は三分の二で一枚分となるわけで、その先を考えるとその一枚分が破損した場合、その三分の二あれば一枚分と見なす理屈もあり得る。つまり三分の二の三分の二で、ということはさらにその三分の二も可能であって……、という具合に、お札のコンパクト化がどんどん進んで、お札の実体がほとんどゼロに近づく。理論上は三分の二の無限小が残るとしても、実状としてお札はお札として通用しながらも、視界から消える。

それと同じで、ビールという主語を避けるようにしながら話が進み、とりあえず、といえばそれはビールをさすことになって、ビールという主語は消える。

かもしれないのであって、それならあらかじめ「とりあえず」という名のビールがあっても

いいのではないか。そうすると仲間内の会話だけでなく、直接店の人に、

「すいません、とりあえず！」

といっただけで、ビールが出てくる。

会話が非常にコンパクトになる。しかもそれまでは、

「とりあえず……」

という点々の連なりにビールを含ませて引きずっていたのが、もっと単的に、

「とりあえず！」

とずばり一言。それで即ビール、ということになる。

即決である。主語なしでビールが出てくる。ほとんど超能力だ。

いや超能力は怪しいにしても、とりあえずというたんなる副詞に過ぎなかった言葉の権力が拡大して、いまではビールの全域を覆うところにまで広がっている。

出るところに出れば、つまり公の法の裁きを受けることになれば、とりあえずはビールではない、ただの助詞に過ぎぬ、と糾弾されてくしゅんとなる場面も想像できるが、しかし実際に「とりあえず」の言葉を冠したビールが発売されている現実を前にしては、取調官でさえも酒場で、

「とりあえず！」

の一言でビールが運ばれてきてしまうのである。残る道は憲法改正、いや文法改正しかないのではないか。

いやそこまで性急に考えることはなく、いまはとりあえず、ビール一本ぐらいでいいのであろう。

「火の車」盛衰記

草野心平

「火の車」酔眼録

初音町で居酒屋「火の車」をやっていたころは馬と魚がよくやってきた。（お客さんをそんな風にいうと大変失礼だが、御本人たちは農学部の博士でありながら、魚とか馬とか自称しているので、ついうちの連中も魚の先生とか馬の先生とかいうようになった。）新宿に移ってきたらさすがに遠いので現われまいと思っていたら、先ず馬の岡部利夫教授がへベレケで現われた。一度現われるとやたらに現われるのが馬の先生のならわし、そして飲み出したら自動車賃もとっておこうとはしない。築地に陸揚げされた生鱈のように、「火の車」のドアをあけた途端くにゃくにゃと倒れかかった。教授の「火の車」三羽鴉は馬の他に魚の檜山義夫、教養の市原豊太の両教授だが、一角が現われた以上魚と教養の御両人も何れは現われるにちがいない。

いままで客の中で一番丈の高いのは能の桜間龍馬さん、弓川翁の御曹子で能界のホープだが、酒量も相当のもの。忘れていた、もっと高いのがいた。マカルパインさんが連れてきたイギリスのジャーナリストである。マカルパインの方は大使館の文化部長で、ボクをシンペイ、シンペイと親しく呼ぶが、この方はボクよりも背が低く奥さんの方が彼よりははるかに高い。奥さんは日本舞踊を習っていて、狭い「火の車」で手だけで踊りをやったりする。シンペイで思い出したが、お客相手に飲んでいたとき、シンペイと外で大きな声がする。窓ガラスはあいているので本人はすぐ分った。河上徹太郎だった。彼はまたもシンペイと調理場にいるボクをネメつけるようにいったが却々中へははいって来ない。漸く入ってきて握手したりなんかして二、三本飲んで帰ったが、後できくとテンで憶えていなかったようだ。ノンビリいつまでもねばっているのは丸岡明だ。そばで議論などがあっても知らんぷりしてビールをゆっくりゆっくり飲んでいる。夜が明けてしまうことも二、三度あった。

近頃は調理場に腰をかけているのは七輪をそばにおいてだけになんとも暑い。だからボクもお客なみに、お客と並んで飲んだりしている。ところが七輪のある熱さのなかへとびこんでくる客もある。酔った土方定一がその勇士で、方々飲み歩いた挙句に「火の車」に現われると、彼はいきなり板場にはいって、自分でアイスボックスをあけ、御苦労にもお客のサービス係りになったりする。もっともお客の方で迷惑するのも沢山ある。

新宿の店は開店三周年を経て今年の四月十五日に初音町から移ったのだが、新宿の店の文学関係の客を思い出してみると先ず長老の青野季吉さんから石川達三、井伏鱒二、中島健蔵、火野葦平、保高徳蔵夫妻、田辺茂一と数えてくるときりがない。朝井閑右衛門、原精一、高橋忠弥などの画描き連中も数えると相当ある。映画では川島、山本等のカントク、助カントク諸氏。蛇の道は蛇の道で詩人になるともっと多い。五十鈴、アリババ、よしだ、ノアノア、道草、なるしす、トトヤなどのおかみ連からキュピドンのおケイさん、それら女盛りの女将から大学在学の女学生諸嬢、女の出入りの多いのは界隈での一つの名物になっているかもしれない。銀座の女給さんなども現われる。それで相変らず「きのうもきょうも火の車」とは一寸おかしい。

草野心平

水曜日の男、今泉さんの豊かなおひげ

金井真紀

毎週水曜日、午後八時半。酒場學校のドアが控えめにノックされる。

「あ、今泉さんがきた」

その場にいるみなが口々に言う。學校歴四十年の大ベテランの登場だ。果たして、ドアが開くと、立派なあごひげに白いカッターシャツの今泉さんが入ってくる。

「今泉さん、いらっしゃい」

「きたね、水曜日の男」

などと声がかかるが、今泉さんは目を伏せたまま口のなかで小さく、

「どうも」

と返事をする。席に着いてもまだ目を上げずに、

「みなさん、はなしを続けてください」

と、やはり聞こえるかどうか微妙なボリュームでつぶやく。そうしてあとは、基本的にはうつむいて周囲のはなしを聞いている。何か言いたいときだけふと顔を上げるが、カウンターの対岸にいるわたしと目が合うとあわててうつむく。ものすごくシャイなのだ。

頬、鼻下、顎と顔の半分が灰色の立派なひげで埋まっている。ひげは顎の下に一〇センチほど豊かに垂れていて、しかし頭のほうはつるつるしているので本人は、

「これは万有引力の法則です」

と言う。もっとも、そんな軽口を叩くようになるのはかなり飲んでからのこと。平生はとにかくうつむいて、沈黙のままビールを消費していく。

飲むのは水曜日だけと決めていて、行きつけの店をふたつ、みっつ、ハシゴするらしい。

「僕は、酒を好みません。ただ、酒を飲むとわずかだが口が回るようになる。そして人と話せるようになる。だから週に一度、飲むのです」

着るものも決まっていて、

「秋がきて、一度長袖を着たら、もう半袖には戻りません」

店に入る前に扉をノックするのも今泉さんの決まり。その音で、店内にいる全員が「今泉さんだ」と察し、水曜日の八時半がきたことを確認するのだった。

ある夜、風が気持ちいいからと扉を開け放していたことがあった。ふと気づくと、今泉さんが外で立ち尽くしている。店の前まできたはいいが、ノックするべき扉がないので、はてどうしたものかと思案しているのだった。入口を背にして座っているお客さんたちにその姿は見えない。わたしはひとり笑いを噛み殺しながら、しばしその景色を楽しんだ。あぁ、今泉さん、いいなぁ。

頼むのは必ずビール。二本か、三本。狭いカウンターに並ぶ客たちは、気が向くと自分が頼んだビールを隣りの人のグラスに注ぐことがある。「さ、どうぞ」「や、どうも。……じゃ、ご返杯」なんて。でも今泉さんはそういうやりとりを好まない。常連客はみなそれを知っているから、今泉さんのグラスに他人のビールが注がれることはない。


今泉さんが學校でいちばん多く口にするフレーズは、

「どうぞ、はなしを続けてください」

だろう。

ほかのお客さんが何かを話しているとき、割って入るようなことはけっしてしない。ときどき、会話が途切れたのを見計らって、それまで語られていた話題に付随することを、ひとこと、ふたこと、つぶやく。もちろん、うつむいたままで。周囲が「うんうん、それで？」などと促すと、ハッと口をつぐみ、慌てて言うのだった。

「どうぞ、はなしを続けてください。僕のはなしはいいですから」

そんなわけで、今泉さんの個人的なことはなかなか聞かせてもらえない。

わたしに対する人見知りもあったと思う。ほとんどのお客さんがわたしのことを「真紀」「真紀ちゃん」と呼ぶのに、今泉さんは二年も三年も頑なに「金井さん」を貫いていた。ある晩、さりげなく「真紀さん」に変更した。もちろんわたしもさりげなく受けとめる。呼び名の昇格なんぞ一向に気づかないふりで、冷蔵庫から新しいビールを取り出し、栓抜きを探した。

わたしは血の気の多い人間だが、お客さんと喧嘩したことは二度しかない。「こんな店、二度とくるもんか！」という捨て台詞を投げつけられた日、現場にいたのは今泉さんだった。

水曜日を任せられて一年目。冬の晩。

お客さんは、今泉さんと綿貫さんのふたりだけだった。人が少ないとき、今泉さんはいつもよりこころもち口数が多くなる。綿貫さんは大学で映画を教えていて、今泉さんは大の映画ファン。ふたりが揃えば当然、映画のはなしだ。

「キネマ旬報」九〇周年記念号でオールタイムベストワンに選ばれたのが『ゴッドファーザ

ー』だったという件に関して今泉さんは、

「僕は納得しません」

と断固、言う。綿貫さんは「ひっひっ」と独特の笑い方をして、今泉さんの頑固さを楽しんでいる。綿貫さんも普段は遠慮がちに飲むタイプだが、今泉さんとふたりなので、なんだかのびのびしている。

「でもねぇ、今泉さん。あの映画は、冒頭からすごいんですよ、ひっひっ」

そのまま『ゴッドファーザー』の冒頭シーンを口立てで再現してくれた。わたしと今泉さんは綿貫さんの語りに耳を傾け、それぞれの脳裏でドン・コルレオーネの登場感を味わった。あぁ、今宵もいい時間が流れている。

そこへ、ひとりの客がふらりとやってきた。

元高校教師だというその人が店にくるのは二度目だった。その晩ひどく酔っていた。何か不愉快なことがあったのかもしれない。酒場には似つかわしくない、教師稼業の嫌な面が炸裂した。すなわち、威張る、糾す、決めつける。場にいきなり暗雲がたちこめた。今泉さんと綿貫さんはそれに気づかない風を装って、映画のはなしを小声で続けた。すると、予想はできたことながら、元教師がふたりの映画談義に絡み始めた。あの監督はダメだの、演出が間違っているだの。今泉さんはいつもの寡黙な今泉さんに戻って、もうずっとうつむいたまま、その男の偉そうな演説を聞いていた。

おい、こら、今泉さんが黙って聞いているからって、調子に乗るなよ！　って、調子に乗ったのはわたしだ。威勢よく啖呵《たんか》を切ってやった（つもりだが、お客さんに喧嘩を売るのは初めてだったので、たぶんその声は中途半端に上ずっていたと思う）。

「いまは、好きか嫌いかのはなしをしているんです！　正しいか間違っているかはどうでもいいでしょう！」

その瞬間、今泉さんがパッと目を上げた。わたしと目が合った。いつもとは違い、そのまま視線をそらさない。そして大きくうなずいた。

「無論！」

あぁ、今泉さんも同じなんだな。正しいか間違っているかではなく、好きか嫌いかで生きようと思っている人なんだな。ということがしみじみと知れた。その瞬間、元教師は席をけたてて言った。

「こんな店、二度とくるもんか！」


三年経ち四年経ち、少しずつ今泉さんとの距離は縮まっていき、ごくたまにだがその人生の断片を聞かせてくれるようになった。

信州の飯田、の隣りの小さな町の生まれ。少年時代、道に落ちている銅線を拾おうとしたら、びりびりと痺れた。落ちていたのではなく、電線が垂れていたのだ。

「あれが僕の人生で、もっとも死に近づいた瞬間です」

立派なひげは、定年まで勤めた出版社を辞めてから伸ばし始めた。

「ひげには一本一本、個性があります。成長が早いのと、遅いのと」

よくひとりで旅をする。遺跡や温泉を巡っているらしい。

「でも僕は飛行機に乗りませんし、外国へも行きません。代わりに映画を見るのです」

ある晩、「菊水の純米」の一升瓶を持ってきてくれた人がいた。みな大喜びで、互いの杯に注ぎ合った。だが今泉さんだけは、

「アッ、新発田《しばた》の酒。新発田藩は戊辰戦争のとき長岡藩を裏切った……だから僕は……新発田の酒は……」

と小声で抵抗した。しかし結局、今泉さんの杯にも純米酒はなみなみと注がれ、観念して口をつける。

「あぁ、飲んでしまった……」

目をつむって、酒の旨さと我が身のだらしなさを胸に刻む、その風情。

雲がお好きなようだ。

「僕は昔、雲日記をつけていて」

と言いかけたことがあり、黙って聞いていればよかったものを好奇心が抑え切れなかったわたしは、

「えっ、雲日記!?」

と反応してしまった。すると今泉さんは、

「いや、別に、大したことじゃないです」

と口をつぐんでしまうのだった。そうなると、こちらもそれ以上は聞けない。惜しいことをした。

「とにかく僕は、地震雲は認めません。地震の前に決まって同じ形の雲が出るなんてことがあるだろうか。……しかしナマズは否定しません」

今泉さんは、だらだらと飲み続けることはない。どんなに興に乗ってもビール三本がせいぜ

いだ。そして最後のビールを頼むとき、

「ラストオーダーお願いします」

と言う。ふつう、ラストオーダーってお店の人がいう言葉なんじゃないかと思うけど、これも判で押したように毎週繰り返される「今泉語」だ。

そしてお会計が二千円台だった場合（多くの場合は二千円台である）、今泉さんはお尻のポケットの札入れから千円札を引っ張り出しながら、

「紀元は二千……」

と必ず言い、目を伏せたまま照れたように笑う。「紀元は二千六百年」という歌を子どもの頃に歌ったのだろう。わたしも今泉さんの飲み代を勘定するときだけは、

「紀元は二千……九百円、頂戴します」

というふうに告げることにしていた。

毎週水曜日、今泉さんの學校での儀式はそうしておしまいとなる。おやすみなさい。また来週、八時半に。

終電車
たむらしげる
FLY'S CHOCOLATE
26
仕事の帰り道
ひさしぶりに
パブに寄る。
The Crescent moon

よおっ しばらく
どうだい、景気は？
悪くなる いっぽう。生きてられるのが 不思議だね
しーっ こりゃー うわさだけど、ね……
海のやつらが 出かせぎに 来てるという 話だぜ。
ほんとか？
どこも 同じだな。
次の瞬間
彼は虎である。
……………

酒場のあちこちで変身が始まる
さあ、
行くぞ!
ヒック!
素敵な夜じゃないか!?
アハハハ!
GINGER ALE
酒場は少しづつ
奇妙な者共で一杯になる

そんな中で
自分だけが酔えない
……
Drink
TIZER
The Appetizer
HUDSON'S
SOAP

地面がもり上り
星が生まれる
こんばんは
お茶でもいかがです？
さあ、どうぞ
ギィー

おいしい
お茶だ
お元気で
！
ごちそうさま
こりゃ
いかん！
おーい！
プアーン
発車
します
FLY'S CHO
26
今夜の終電車
HOCOL

たむらしげる

FLY'S CHOCOLATE
ゴトンゴトン
二つ目の駅で
海老が乗ってきた。
三つ目の駅で
ハタ。
そしてメジロザメ……
気が付くと
自分はサバである。
THE END

たむらしげる

戦後三十年総まくり文壇酒徒番附

（編集部注）次頁掲出の写真は、昭和51年に酒之友社から刊行された雑誌「酒」創刊２５０記念号に掲載されたもの。東の横綱に井伏鱒二、西の横綱に井上靖の名が見える。「酒」編集長の佐々木久子氏によると「『酒』ではいろんな企画をやったが、最も評判になったのが文壇酒徒番附である。各出版社の編集者の方に審査委員になっていただき、A、B、C、Dの匿名座談会で番附を決めるのである。私もふくめて、かつての編集者は本当に作家の人たちとよくつきあい、一緒に飲み歩いた」（『わたしの放浪記』佐々木久子著、法藏館）。

戦後三十年総まくり文壇酒徒番附

著者略歴・出典（掲載順）

杉浦日向子　すぎうら ひなこ

1958年、東京都生まれ。漫画家、エッセイスト。漫画作品に『合葬』『二つ枕』『百日紅』『東のエデン』『ゑひもせす』、エッセイに『江戸へようこそ』『大江戸観光』『隠居の日向ぼっこ』など。2005年没。

◎出典：『杉浦日向子の食・道・楽』新潮社

立原正秋　たちはら まさあき

1926年、朝鮮慶尚北道安東郡生まれ。小説家。66年『白い罌粟』で直木賞を受賞。おもな著書に『冬の旅』『舞いの家』『残りの雪』『夢は枯野を』『冬のかたみに』『帰路』など。1980年没。

◎出典：『美食の道』グルメ文庫、角川春樹事務所

林芙美子　はやし ふみこ

1903年、山口県生まれ。小説家。おもな著書に小説『放浪記』『清貧の書』『風琴と魚の町』『牡蠣』『晩菊』『浮雲』『めし』、詩集『蒼馬を見たり』など。1951年没。

◎出典：『林芙美子全集 第十巻』文泉堂出版

火野葦平　ひの あしへい

1907年福岡県生まれ。小説家。37年、日中戦争従軍中に『糞尿譚』で芥川賞を受賞。著書に『麦と兵隊』『土と兵隊』『花と兵隊』『赤道祭』『花と竜』『革命前後』など。1960年没。同年、日本芸術院賞を受賞。

◎出典：『酒童伝』光文社

若山牧水　わかやま ぼくすい

1885年、宮崎県生まれ。歌人。歌誌『創作』主宰。おもな歌集に『海の声』『別離』『路上』『死か芸術か』『山桜の歌』など。紀行文や随筆も多く遺した。1928年没。

◎出典：『若山牧水随筆集』講談社文芸文庫

高村光太郎　たかむら こうたろう

１８８３年、東京生まれ。詩人、彫刻家。父は彫刻家の高村光雲。著書に詩集『道程』『智恵子抄』、評論『緑色の太陽』、翻訳『ロダンの言葉』など。彫刻作品の代表作に《手》《裸婦》ほか。１９５６年没。

◎出典：『高村光太郎全集 第二十巻』筑摩書房

新井素子　あらい もとこ

１９６０年、東京都生まれ。小説家。『あたしの中の……』『グリーン・レクイエム』『チグリスとユーフラテス』『星へ行く船』『ひとめあなたに…』『あなたにここにいて欲しい』『絶対猫から動かない』など著書多数。

◎出典：『ひでおと素子の愛の交換日記 4』（吾妻ひでおとの共著）角川文庫

丸谷才一　まるや さいいち

１９２５年、山形県生まれ。小説家、英文学者。68年『年の残り』で芥川賞を受賞。『笹まくら』『たった一人の反乱』『後鳥羽院』『忠臣蔵とは何か』『輝く日の宮』など著書多数。２０１１年文化勲章受章。２０１２年没。

◎出典：『酒と酒場のベストエッセイ●サントリークォータリー傑作選』ティビーエス・ブリタニカ

永井龍男　ながい たつお

１９０４年、東京生まれ。小説家。27年から46年まで文藝春秋社に勤務。『黒い御飯』『由比真帆子』『巣の中』『わるい硝子』『朝霧』『青電車』『風ふたたび』ほか著書多数。81年文化勲章受章。１９９０年没。

◎出典：『永井龍男全集 第十一巻』講談社

小林秀雄　こばやし ひでお

１９０２年、東京生まれ。評論家。『様々なる意匠』『アシルと亀の子』『私小説論』『ドストエフスキイの生活』『無常という事』『モオツァルト』『本居宣長』ほか著書多数。67年文化勲章受章。１９８３年没。

◎出典：『小林秀雄全集 第四巻 作家の顔』新潮社

吉田健一　よしだ けんいち

１９１２年、東京生まれ。評論家、英文学者、小説家。訳書にポー『覚書』、バレリー『精神の政治学』、評論に『英国の文学』『シェイクスピア』『東西文学論』ほか。そのほかの著書に『舌鼓ところどころ』など。１９７７年没。

◎出典：『新編 酒に呑まれた頭』ちくま文庫

種村季弘　たねむら すえひろ

１９３３年、東京生まれ。独文学者、文芸評論家、エッセイスト。『ビンゲンのヒルデガルトの世界』（芸術選奨文部大臣賞）『種村季弘のネオ・ラビリントス』『吸血鬼幻想』『悪魔礼拝』など著書多数。２００４年没。

◎出典：『食物漫遊記』ちくま文庫

田辺聖子　たなべ せいこ

１９２８年、大阪府生まれ。小説家。64年『感傷旅行（センチメンタル・ジャーニィ）』で芥川賞を受賞。『花衣ぬぐやまつわる……わが愛の杉田久女』『ひねくれ一茶』など著書多数。２００８年文化勲章受章。２０１９年没。

◎出典：『夜の一ぱい』浦西和彦編、中公文庫

サトウハチロー　さとう はちろう

１９０３年、東京生まれ。詩人。父は作家の佐藤紅緑。福士幸次郎、西条八十に師事。詩集に『爪色の雨』『おかあさん』ほか。歌謡曲「リンゴの唄」、童謡「ちいさい秋みつけた」の作詞も手がける。１９７３年没。

◎出典：『サトウハチロー詩集』ハルキ文庫、角川春樹事務所

赤塚不二夫　あかつか ふじお

１９３５年、中国（満州）生まれ。漫画家。代表作に『おそ松くん』『ひみつのアッコちゃん』『天才バカボン』『もーれつア太郎』『ギャグゲリラ』『レッツラゴン』など。97年日本漫画家協会文部大臣賞。２００８年没。

◎出典：『バカは死んでもバカなのだ　赤塚不二夫対談集』毎日新聞社

野坂昭如　のさか あきゆき

１９３０年、神奈川県生まれ。小説家。68年『火垂るの墓』『アメリカひじき』で直木賞を受賞。『エロ事師たち』『四畳半襖の下張』『同心円』『文壇』ほか著書多数。政治家、歌手としても活躍した。２０１５年没。

◎出典：『バカは死んでもバカなのだ　赤塚不二夫対談集』毎日新聞社

夢野久作　ゆめの きゅうさく

１８８９年、福岡県生まれ。小説家。おもな著書に『あやかしの鼓』『死後の恋』『瓶詰地獄』『押絵の奇蹟』『犬神博士』『氷の涯』『ドグラ・マグラ』など。１９３６年没。

◎出典：『定本　夢野久作全集　第7巻』国書刊行会

中上健次　なかがみ けんじ

１９４６年、和歌山県生まれ。小説家。76年『岬』で芥川賞を受賞。『枯木灘』『鳳仙花』『地の果て至上の時』『十九歳の地図』『千年の愉楽』『日輪の翼』『奇蹟』など著書多数。１９９２年没。

◎出典：『路上のジャズ』中公文庫

石牟礼道子　いしむれ みちこ

１９２７年、熊本県生まれ。詩人、小説家。『苦海浄土』『十六夜橋』『はにかみの国 石牟礼道子全詩集』（芸術選奨文部科学大臣賞）『石牟礼道子全集 不知火』『石牟礼道子全句集 泣きながら原』『道子の草文』など著書多数。２０１８年没。

◎出典：『石牟礼道子全集 不知火 第9巻』藤原書店

金井美恵子　かない みえこ

１９４７年、群馬県生まれ。小説家。小説に『プラトン的恋愛』（泉鏡花文学賞）『タマや』（女流文学賞）『恋愛太平記』『噂の娘』『ピース・オブ・ケーキとトゥワイス・トールド・テールズ』ほか。エッセイに『目白雑録』『カストロの尻』（芸術選奨文部科学大臣賞）『『スタア』誕生』など著書多数。

◎出典：『酒と酒場のベストエッセイ●サントリークォータリー傑作選』ティビーエス・ブリタニカ

田村隆一　たむら りゅういち

１９２３年、東京生まれ。詩人。『四千の日と夜』『言葉のない世界』『緑の思想』『死語』『誤解』『スコットランドの水車小屋』『陽気な世紀末』『奴隷の歓び』『ぼくの航海日誌』『ハミングバード』『１９９９』など著書多数。１９９８年没。

◎出典：『田村隆一全集 3』河出書房新社

横山大観　よこやま たいかん

1868年、茨城県生まれ。日本画家。東京美術学校で橋本雅邦、岡倉天心に学び、日本美術院の創立に参加。代表作に《生々流転》《瀟湘八景》《夜桜》や多くの富士山の作品がある。1937年文化勲章受賞。1958年没。

◎出典：『大観画談』講談社

岡本太郎　おかもと たろう

1911年、神奈川県生まれ。芸術家。父は画家の岡本一平、母は歌人の岡本かの子。代表作に《傷ましき腕》《夜》、1970年大阪万国博《太陽の塔》など。著書に『アヴァンギャルド芸術』『日本の伝統』ほか。1996年没。

◎出典：『人間は瞬間瞬間に、いのちを捨てるために生きている。』イースト・プレス

古川緑波　ふるかわ ろっぱ

1903年、東京生まれ。喜劇俳優。雑誌『映画時代』の記者を経て俳優に転じる。35年にロッパ一座を結成。随筆家としても知られ、著書に『ロッパ自叙伝』『劇書ノート』『ロッパの悲食記』など。1961年没。

◎出典：『文藝春秋』1959年9月号 文藝春秋

夢枕獏　ゆめまくら ばく

1951年、神奈川県生まれ。小説家。『キマイラ』『サイコダイバー』『闇狩り師』『餓狼伝』『大帝の剣』『陰陽師』『上弦の月を喰べる獅子』『神々の山嶺』ほか著書多数。エッセイの著作も多い。

◎出典：『悪夢で乾盃』角川文庫

川上弘美　かわかみ ひろみ

1958年、東京都生まれ。96年『蛇を踏む』で

芥川賞を受賞。『神様』『溺レる』『センセイの鞄』『真鶴』『なめらかで熱くて甘苦しくて』『水声』『大きな鳥にさらわれないよう』『東京日記』ほか著書多数。
◎出典：『ゆっくりさよならをとなえる』新潮社

村上春樹　むらかみ はるき

1949年、京都府生まれ。小説家。『羊をめぐる冒険』『世界の終りとハードボイルド・ワンダーランド』『ノルウェイの森』『ねじまき鳥クロニクル』『海辺のカフカ』『1Q84』『騎士団長殺し』ほか、エッセイ、訳書も多数。
◎出典：『サラダ好きのライオン 村上ラヂオ3』マガジンハウス

伊丹十三　いたみ じゅうぞう

1933年、京都府生まれ。俳優、映画監督、エッセイスト。監督作品に『お葬式』『タンポポ』『マルサの女』『あげまん』など、エッセイに『ヨーロッパ退屈日記』『女たちよ！』『日本世間噺大系』など多数。1997年没。
◎出典：『再び女たちよ！』新潮文庫

檀一雄　だん かずお

1912年、山梨県生まれ。小説家。51年『真説石川五右衛門』で直木賞を受賞。おもな著書に『花筐』『虚空象嵌』『リツ子・その愛』『リツ子・その死』『ペンギン記』『火宅の人』『太宰と安吾』など。1976年没。
◎出典：『洋酒天国2 傑作エッセイ・コントの巻』新潮文庫

開高健　かいこう たけし

1930年、大阪府生まれ。小説家、随筆家。58年『裸の王様』で芥川賞を受賞。『ベトナム戦記』『輝ける闇』『もっと遠く！』『もっと広く！』『オーパ！』『玉、砕ける』など著書多数。1989

年没。

◎出典：『開高健全集 第22巻』新潮社

石井好子　いしい よしこ

1922年、東京生まれ。シャンソン歌手、エッセイスト。パリを中心に欧州各国で活躍。91年に日本シャンソン協会を設立し会長を務める。著書に『巴里の空の下オムレツのにおいは流れる』など。2010年没。

◎出典：『私の小さなたからもの』河出文庫

高田渡　たかだ わたる

1949年、岐阜県生まれ。フォーク歌手。「自衛隊に入ろう」でデビュー。代表曲に「自転車にのって」「コーヒーブルース」など。2004年にドキュメンタリー映画『タカダワタル的』公開。2005年没。

◎出典：『バーボン・ストリート・ブルース』山と溪谷社

山田風太郎　やまだ ふうたろう

1922年、兵庫県生まれ。小説家。『甲賀忍法帖』『くノ一忍法帖』『江戸忍法帖』など一連の作品で忍法ブームを起こす。『眼中の悪魔』『魔界転生』『戦中派不戦日記』『警視庁草紙』など著書多数。2001年没。

◎出典：『風来酔夢談』富士見書房

中島らも　なかじま らも

1952年、兵庫県生まれ。小説家、エッセイスト、ミュージシャン。84年から10年間『朝日新聞』に「明るい悩み相談室」を連載。『今夜、すべてのバーで』『ガダラの豚』など著書多数。2004年没。

◎出典：『風来酔夢談』富士見書房

尾瀬あきら　おぜ あきら

1947年、京都府生まれ。漫画家。おもな作品に『初恋スキャンダル』『とべ！人類Ⅱ』（小学館漫画賞）『夏子の酒』『ぼくの村の話』『奈津の蔵』『光の島』『蔵人』『どうらく息子』など。

◎出典：『知識ゼロからの日本酒入門』幻冬舎

さくらももこ

1965年、静岡県生まれ。漫画家。おもな作品に『ちびまる子ちゃん』（講談社漫画賞）『コジコジ』『神のちからっ子新聞』ほか。エッセイに『もものかんづめ』『あのころ』『ひとりずもう』など。2018年没。

◎出典：『4コマちびまる子ちゃん1・2』りぼんマスコットコミックスDIGITAL、集英社（https://books.shueisha.co.jp/search/search.html?seriesid=57289&order=1）

坪内祐三　つぼうち ゆうぞう

1958年、東京都生まれ。評論家、エッセイスト。雑誌『東京人』編集者を経て独立。『ストリートワイズ』『靖国』『古くさいぞ私は』『慶応三年生まれ 七人の旋毛曲り』『人声天語』など著書多数。2020年没。

◎出典：『続・酒中日記』講談社

山尾三省　やまお さんせい

1938年、東京生まれ。詩人。67年「部族」と称する対抗文化コミューンを起こす。77年から屋久島に移住し、詩作と耕作の日々を送る。『野の道 宮沢賢治随想』『屋久島のウパニシャッド』ほか著書多数。2001年没。

◎出典：『新版 びろう葉帽子の下で』野草社

内田百閒　うちだ ひゃっけん

1889年、岡山県生まれ。小説家、随筆家。小説に『冥途』『旅順入城式』『実説艸平記』『阿房列車』、随筆に『百鬼園随筆』『続百鬼園随筆』『百鬼園俳句帖』『御馳走帖』『ノラや』など。1971年没。

◎出典：『タンタルス』ちくま文庫

中原中也　なかはら ちゅうや

1907年、山口県生まれ。詩人。ランボー、ベルレーヌらフランス象徴派へ傾倒し、雑誌『白痴群』『四季』『歴程』に参加。詩集に『山羊の歌』『在りし日の歌』がある。1937年没。

◎出典：『中原中也全詩歌集 上』吉田凞生編、講談社文芸文庫

宮本百合子　みやもと ゆりこ

1899年、東京生まれ。小説家。17歳で『貧しき人々の群』を発表。ソ連滞在の後、日本共産党に入り宮本顕治と再婚。プロレタリア作家として活躍した。代表作に『伸子』『播州平野』『道標』など。1951年没。

◎出典：『宮本百合子全集 第十七巻』新日本出版社

筒井康隆　つつい やすたか

1934年、大阪府生まれ。小説家。著書に『東海道戦争』『虚人たち』『夢の木坂分岐点』『ヨッパ谷への降下』『朝のガスパール』『わたしのグランパ』『モナドの領域』など。97年フランス芸術文化勲章シュバリエ受章。

◎出典：『筒井康隆全集 第12巻 俗物図鑑』新潮社

赤瀬川原平　あかせがわげんぺい

1937年、神奈川県生まれ。作家、前衛芸術家。81年『父が消えた』で芥川賞を受賞。『肌ざわり』『雪野』『ライカ同盟』『東京路上探険記』(以上尾辻克彦名義)、『新解さんの謎』『老人力』など著書多数。2014年没。

◎出典：『ないもの、あります』クラフト・エヴィング商會著、筑摩書房

草野心平　くさのしんぺい

1903年、福島県生まれ。詩人。おもな著書に『第百階級』『母岩』『富士山』『日本沙漠』『マンモスの牙』などの詩集のほか、童話や小説なども多数。87年文化勲章受章。1988年没。

◎出典：『わが生活のうた〈草野心平随想集〉』社会思想社

金井真紀　かないまき

1974年、千葉県生まれ。文筆家、イラストレーター。草野心平が開いた「酒場學校」で閉店までの5年間「水曜日のママ」を務めた。著書に『パリのすてきなおじさん』『マル農のひと』『世界のおすもうさん』など。

◎出典：『酒場學校の日々 フムフム・グビグビ・たまに文學』皓星社

たむらしげる

1949年、東京都生まれ。絵本作家、映像作家、漫画家。絵本に『ダーナ』『ランスロットとパブロくん』『よるのおと』、漫画作品集に『ファンタスマゴリアデイズ1、2』、映像作品に『銀河の魚』『クジラの跳躍』など。

◎出典：『珈琲文庫⑩ 氷河鼠の毛皮』ふゅーじょんぷろだくと

・各作品の表記は原則として底本に従いましたが、漢字については新字体を採用しました。また、読みやすさを考慮して適宜ルビを補いました。
・収録に際し、エッセイの前後を省略、または表記を一部修正した作品があります。また原則として、出典に掲載された挿絵や写真は割愛しました。
・今日の観点からは不適切と思われる語句や表現がありますが、作品が発表された当時の時代背景や文学性を考慮し、作品を尊重して原文のまま掲載しました。
・掲載にあたり、著作権者の方とご連絡が取れなかったものがあります。お心当たりの方は編集部までご一報いただきますようお願いいたします。

◎写真・図版・資料提供
文藝春秋／アマナイメージズ（カバー表）
marilyn barbone／stock.foto（カバー裏・表紙）
毎日新聞社（p.111）
朝日新聞社（p.167）
清見定道（p.279）

作家と酒

◎編者＝平凡社編集部　◎発行者＝下中美都　◎発行所＝株式会社平凡社
〒101・0051　東京都千代田区神田神保町3ノ29　☎＝03・3230・6593（編集）　03・3230・6573（営業）　振替＝00180・0・29639　https://www.heibonsha.co.jp/　◎印刷＝株式会社東京印書館　◎製本＝大口製本印刷株式会社

Printed in Japan　◎ISBN 978-4-582-74713-3　C0091　◎NDC分類番号910　◎B6変型判（18・0cm）　総ページ304　◎落丁・乱丁本のお取り替えは小社読者サービス係までお送りください（送料小社負担）。

2021年9月22日　初版第1刷発行
2022年8月26日　初版第2刷発行

作家のおやつ

三島由紀夫、開高健、手塚治虫、池波正太郎、植草甚一、植田正治、向田邦子など31人の作家が日頃食したお菓子やフルーツを紹介。甘さ、辛さのなかに作家の隠された素顔が現れる。

作家のお菓子

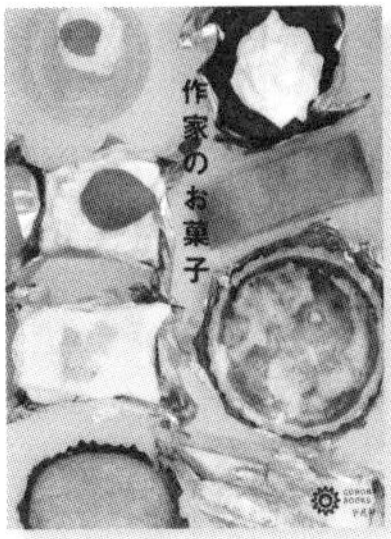

シリーズ好評の「作家のおやつ」、待望の続編。谷崎潤一郎、野坂昭如、森村桂、ナンシー関、水木しげるほか、多数掲載。おやつにこだわる作家らのエピソードを一挙公開。

コロナ・ブックス好評既刊

作家の犬

犬好き作家25人のワンチャン拝見！　文壇2大犬派——志賀直哉vs川端康成をはじめ、江藤淳、檀一雄、白洲正子、井上靖、吉田健一、中野孝次、いわさきちひろ、黒澤明まで。エピソード満載。

作家の犬2

犬を愛した作家と作家に愛された犬の物語、好評第2弾。愛犬とのほほえましいツーショット満載。北杜夫、松本清張、芝木好子、吉川英治、井上ひさし、戸川幸夫、黛敏郎、寺山修司ほか。

作家の猫

夏目漱石、南方熊楠から谷崎潤一郎、藤田嗣治、大佛次郎、稲垣足穂、幸田文、池波正太郎、田村隆一、三島由紀夫、開高健、中島らもまで、猫を愛した作家と作家に愛された猫の永久保存版アルバム。

作家の猫2

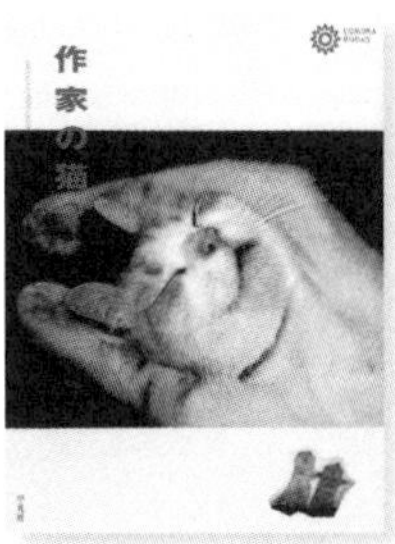

猫好きの作家と作家に愛された猫の物語、第2弾。赤塚不二夫、立松和平、池部良、田中小実昌、萩原葉子、城夏子、宮迫千鶴、武満徹、久世光彦、川本恵子、鴨居羊子、加藤楸邨、中村汀女、佐野洋子ほか。

好評既刊

作家と猫

今も昔も、猫は作家の愛するパートナー。夏目漱石、谷崎潤一郎、石井桃子、佐野洋子、中島らも、水木しげる……49名によるエッセイ、詩、漫画、写真資料を収録。笑いあり、涙ありの猫づくしアンソロジー！

作家と犬

愛犬家へ贈る、作家と犬をめぐる48編！坂口安吾、田辺聖子、深沢七郎、田中小実昌、長谷川町子ら50名による、エッセイ、詩、漫画、写真資料を収録。名犬、忠犬、猛犬、のら犬たちのエピソードが満載。